焦れったいほど愛してる

Koharu & Hayato

玉紀 直

Nao Tamaki

EB

エタニティ文庫

目次

焦れったいほど愛してる

プロローグ

「……カノ」

二月の寒い夜。

彼の広い胸に包み込まれ、小春《こはる》の鼓動は痛いくらいに高鳴っていた。『カノ』とは、彼だけが呼ぶ小春のあだ名だ。名字の〝加納《かのう》〟を省略し、そう呼ぶ。

「なによ……同情してんの……?」

ドキドキしていることを悟られたくなくて、咄嗟《とっさ》に口から出た言葉はひねくれてかわいげのないものだった。

小春と彼――一之瀬《いちのせ》颯都《はやと》は、ライバルのような、悪友のような腐れ縁だ。

そんな関係を十二年間続けてきて、今は同じ大学でデザインを学んでいる。

いつもなら売り言葉に買い言葉みたいに続く返事が、なぜか今日に限って返ってこない。

だからだろうか……

「一之瀬の腕……あったかい……」

気がつくと、普段だったら絶対に言わないだろう言葉が小春の口から出ていた。

「……カノ」

「ん？」

「二人で……あったまろうか……」

「……二人で？」

「うん……」

その言葉の意味がわからないほど子どもではない。

こんなムードでいつもと違う颯都の顔を見てしまえば、頑《かたく》なに隠してきた心が動く……

「あったかく……して……」

小さな声でそう呟《つぶや》くのがやっとだった。

颯都が、そっと小春の顎《あご》をすくい、唇を重ねる。誰かとキスをするのは初めてだ。

重なった瞬間冷たく感じた唇は、すぐにほんわりとした吐息で小春の唇を温める。

繰り返されるキスの心地よさに、緊張していた気持ちがほぐれ胸の奥が熱くなった。

恥ずかしさと戸惑いでいっぱいなのに、かすかに感じる期待。

――もしかしたら、二人の関係を変えられるかもしれない……

初めて入ったラブホテルのベッドの上で、小春はチラリとそんなことを考えた。

一糸まとわぬ身体に、颯都が覆《おお》い被さってくる。しっとりと熱を持つ素肌が心地いい。

「今、やめろって言われても、無理だから」

「言わない……。そんなこと……」

室内は、外に比べると格段に暖かく居心地がよかった。

けれど室内の空気より、颯都の肌のほうがずっと温かく心地いい。

小春の頭の中は、すでに彼のことでいっぱいになっていた。

颯都の手に全身をまさぐられているのだと思うと、それだけでなにも考えられなくなる。

二十二年間、男女の色事とは無縁の生活を送ってきた小春にとって、与えられる行為は全て初めてのものだ。でも恥ずかしさや戸惑いはあっても、イヤだとは思わなかった。

相手が颯都だと思うだけで、自分でも信じられないくらい気持ちが昂《たかぶ》る。

「――……之瀬ぇ……」

自分がこんな甘ったるい声を出すなんて考えたこともなかった。

恥ずかしい……。だけど、颯都が小春の反応を喜んでいるのがわかった。

だから小春は、必死に彼から与えられる行為を受け入れる。

肌に唇が這《は》う気持ちよさに全身が震え、やがて快感に変わっていく。

けれどそれは、颯都が小春の中に入ってきた瞬間、霧散《むさん》した。

「……痛いか……？」

気遣うようにかけられた言葉に返事はできなかった。全身をこわばらせ、覆《おお》い被さる颯都の腕を強く掴《つか》む。

「痛く……な、い……。大丈夫……」

小春は、なんとか言葉を絞り出す。あまりにも見え透《みす》いた嘘ではあったが、正直に言ってこの時間が終わってしまうのがイヤだった。

どんなに痛くても、こうした形で颯都を感じられることが嬉しい。

でも、長年張り合ってきた関係が災《わざわ》いして、素直に自分の気持ちを伝えるのが照れくさかった。

しかし小春の気持ちなど、つきあいの長い颯都にはお見通しだったようだ。

彼は苦笑して小春の前髪を撫で上げ、涙でうるんだ目を見つめてきた。

「素直じゃないな……。こんなときまで」

「う……うるさ……」

いつもの調子で反論しかける唇を、颯都の唇がふさいだ。チュッと吸い上げながら、ゆっくりと腰を動かし始める。

「んっ……ゥ……」

喉《のど》の奥でくぐもった呻《うめ》き声が上がる。自分の中を緩《ゆる》やかに擦《こす》り始めたモノに怯《おび》え、無意識に彼の腰を内腿《うちもも》で挟み込む。

だが、それで彼の動きが止まるはずもなく、かえって抜き挿しの幅が大きくなったような気がした。

「ハァ……あっ、あっ……」

窮屈《きゅうくつ》な蜜路を擦《こす》られるたび、全身にゾワゾワッとした熱い痺《しび》れが走る。

ますます力が入って震える太腿《ふともも》を、颯都が宥《なだ》めるように撫でた。

「力、少し抜いて……」

「あっ……無理……んっ」

「抜かないと……、俺も、きつい……」

少し辛そうに、颯都は眉を寄せる。自分のせいで彼が辛くなるのはイヤだ。そう感じた小春は、力を抜く努力をする。

そんな彼女を愛しげに見つめ、颯都は唇を重ねた。

すると、なんとなく先程より痛みが軽減したような気がする。

「うん、いい感じ……。おまえ、身体は素直だな」

「ちょっ……それって、どういう意味……あぁっ！」

いきなり、ぐぐっと小春の奥まで突き挿《い》れられて大きな声が出た。

「やっ……あ、いっぱぃ……っ……」

おなかの中が圧迫されるみたいな、今までに感じたことのないきつさ。

まさに、自分の中が、いっぱいになったような気がした。

「いっぱいにしてるの、俺だぞ。わかってるか？」

「あ……わ、わかっ……ンッ、あっ、一之……瀬っ……」

苦しいほどの充溢感《じゅういつかん》に、自分が破裂しそうな錯覚に陥《おちい》る。小春は無意識に首を左右に振り喉《のど》を反《そ》らした。

颯都は露《あら》わになった小春の首に吸いつきながら、ゆっくりと胸を捏《こ》ね回す。

「んっ……ぁ……あっ、やぁンッ……」

「ほんと、いつもこのくらい素直だといいのに……」

「うっ……うるさっ……あぁっ、やっ……あ、胸……ンッ……」

「そうしたら……、もっとかわいい」

「一之瀬ぇ……ダメぇっ、……あっ！」

胸の突起を指の腹で押しつぶされ、捏ねられる刺激に大きな声が出る。そのせいで颯都がなにを言ったのか、ハッキリと聞き取れなかった。

「カノ……、気持ち良くなってきたか？」

「わ……わかんな……ぁあっ、やぁ……あ……」

こらえきれず、小春の口からは甘ったるい声が出てしまう。その声に興奮したのか、颯都の腰の動きがさらに激しくなった。

「あっ……や、やぁっ……、一之……瀬っ……、やぁ……ぁんっ……！」

徐々に身体が痛み以上に快感を覚えていく。

初めて感じるそれを、どうしたらいいのかわからなくて、小春は颯都に抱きついた。

「一……之瀬ぇ……やっ……あっ、ぁぁ……こわ、い……あぁっ！」

しがみつく小春をしっかりと抱き返し、颯都は腰を打ちつけ続ける。

やがて、乱れる呼吸がひとつになり、お互いを深く感じ合った。

「……小春……」

耳元で囁《ささや》かれた颯都の声に、心臓が破裂しそうになる。

この十二年間、彼からこんなふうに名前で呼ばれたことはなかった。

颯都はいつも、小春のことを『カノ』と呼ぶ。ふざけてそれ以外の呼びかたをすることはあっても、小春と呼んだことはない。まして、こんな蕩《とろ》けてしまいそうな声で呼んでくれたのは初めてだった。

「一之瀬ぇ……」

幸せな気持ちは泣き声さえも甘くする。

初めての痛みを忘れるような、とろりとした陶酔《とうすい》の中、小春は口にしたくても素直に言えない言葉を心の中で呟《つぶや》く。

（——好き……）

流されるように過ごした夜ではあったものの、小春に後悔はなかった。

十歳で出会ってから、ずっと密かに想い続けてきた相手。

ライバルで腐れ縁——そんな関係が仇《あだ》となり、ずっと気持ちを伝えることができなかった。

もしかしたら、そんな二人の関係になにか進展があるかもしれない。

小春は颯都の腕の中で、そうなることを期待した。

だが——それから一週間後。

颯都はデザインの勉強のためイタリアへ旅立ってしまった。

小春になにも告げずに……

そして、あの夜芽生えたかすかな期待は、結局叶うことはなかった。

第一章

「お電話ありがとうございます。蘆田《あしだ》デザイン、デザイン部コーディネート課の加納です」

小春が電話に出ると、すぐさまクライアントの明るい声が聞こえた。

『加納さん？　よかったわ、いらっしゃって』

この声のトーンは悪い話ではない。小春は、クライアントの情報を思い浮かべながら明るい声を出した。

「こんにちは、高田《たかだ》様。本日はどうされました？」

蘆田デザイン株式会社。

主に住まいのトータルコーディネート、リフォームなどを手がける会社だ。

大学を卒業して五年。小春はここでインテリアコーディネーターとして働いていた。

「……そうですか、安心いたしました。では、お伺《うかが》いする日時が決まりましたらご連絡ください」

丁寧に受話器を置いて、小春はふうっと息を吐いた。

ウェーブのかかったセミロングの髪を片耳にかける。

仕事柄人に会うことが多いため、髪型にもできるだけ気を使うようにしていた。とはいえ、忙し過ぎてろくに手入れもできていないのだが。

（そろそろ美容院に行かないとダメか……）

そんなことを考えていると、後ろからポンッと肩を叩かれた。

「お疲れー。今の電話、高田さん？　壁紙のカビの件、どうなった？」

振り返ると、同僚のインテリアコーディネーター南田晴美《みなみだはるみ》が立っていた。

一七〇センチを超える長身の彼女の横には、小柄な清水沙彩《しみずさあや》がくっついている。彼女は、この春コーディネート課に配属された唯一の新入社員だ。

晴美は、二週間前に配属された沙彩の教育係になっていた。

小春はくるりと椅子ごと回って、晴美たちに身体を向ける。

「うん。エタノール処理と専用の塗料で様子を見てもらっていたの」

「ほとんど日も当たらなければ、風通しも悪いっていうのも原因だったんでしょう？　メンテナンスでなんとかなった？」

「何度かケアして、カビが出なくなったって喜んでくれた。湿気がこもる時期はなるべく除湿してくださいって説明したわ」

「よかったじゃない。ひと安心だね」

「凄いですねぇ、小春さん。あの奥さんが泣きながら会社に乗りこんできたときは、どうなることかと思いましたよ。貼り替えたばかりの壁紙にカビが生えるなんて不良品を使われた、とか、訴えてやる、とかすっごい怒ってたのに」

沙彩が両手を胸の前で組み、尊敬の眼差しを小春に向ける。

すると、なぜか晴美が自慢げに胸を張った。

「小春はね、アフターフォローが細《こま》かいのよ。覚えておきな、新人っ。インテリアコーディネーターはね、家具やらカーテンやらを選んであげるだけが仕事じゃないんだからね」

「はいっ、先輩っ」

威勢のよい新人教育を見ながらくすくす笑っていると、再び電話が鳴った。小春は素早く受話器を取る。相手は今話していたクライアントだ。

「わかりました。では、本日お伺《うかが》いいたします」

明るい口調で返して受話器を置く。その様子を見ていた晴美が、眉を寄せた。

「ねえ、今日って、夕方から新規のクライアントとのヒアリングが入ってなかった？」

「んー、……大丈夫だよ。今からだったら約束の時間には間に合うと思うし」

小春はパソコンの時計と自分の腕時計を確認し、頭の中でこれからのスケジュールを組み立てる。

移動時間を考えると少々きついが、渋滞に巻き込まれたりしなければ問題ないだろう。

「小春さんって、なんか分刻みで仕事してるって感じですね」

沙彩が驚いたように口にする。

「当然でしょー。小春はね、この蘆田デザインでナンバー1の成績と指名率を誇る、人気インテリアコーディネーターなんだからね」

「凄いですよねぇ、他のデザイン会社や大手の建設会社からも依頼がきてますよねぇ……人気者ですよねぇ……」

そのとき、すぐそばから椅子のキャスターを派手に鳴らして立ち上がる音が聞こえた。

「あんなの、壁紙を新しく貼り替えたら済む話だったじゃない。部屋を綺麗にするためなら、お金を惜しまないクライアントだったんだから」

そう言ったのは寺尾美波《てらおみなみ》だ。彼女は、持っていたカラーチャートをパタンと閉じ、他の資料と一緒に大きな鞄《かばん》に押しこんでから、小春たちのほうを向いた。

「先方は、新しいのに貼り替えてくれって言ったんでしょう？　それをわざわざ補修して様子を見るなんて手間のかかる方法を取るから、何度も足を運ぶことになるのよ。そんなことばかりしていたら仕事にならないわよ。加納さん」

言葉だけなら小春を心配してくれているようにも聞こえるが、今のは明らかに嫌みだろう。

「ありがとうございます。気をつけます」

小春は当たり障《さわ》りのない返事をした。すると、美波がツンと顎《あご》を上げて見下ろすように笑った。

「加納さんは、あくせく走り回って顔を売るのがお得意みたいだものね。でも、もう少し上手《うま》くやらないと、新しい仕事が受けられなくなっちゃうわよ？　困るでしょう？　人気者なのに」

美波は鞄《かばん》を肩にかけると軽く手を上げてオフィスを出ていく。

この場には他のコーディネーターや社員もいたが、皆一様に呆気にとられ、美波の背を見送った。

そんな中、小春と仲のいい晴美は、一言文句を言わずにはいられなかったようだ。

「もとはといえば、このクライアント、寺尾さんの担当じゃない。それを、面倒くさがって小春に押し付けたくせに」

「それは違うわ。クレームが来たとき、たまたま寺尾さんがいなくて、対応した私がそのまま担当しているだけで」

「押し付けたようなもんじゃない。メンテナンス案を見た途端、『そんなにやりたいなら加納さんがやればいいわ』とか言ってさ」

「きっと小春さんがお客さんに人気があるから、嫉妬しているんでしょうねぇ」

新人がサラッと口にする。すかさず晴美から頭を押さえつけられ、沙彩は、「きゃんっ」と叱《しか》られた子犬のような声を上げた。

少し前まで、蘆田デザインのトップコーディネーターは美波だった。

彼女は、華やかで豪華なコーディネートを得意とし、あまりお金にうるさくないクライアントにはとても人気がある。その人気は今も続いているが、クライアント全員がそういう人たちばかりではない。気づけば、小春の依頼数が彼女を上回るようになっていた。

「いつも晴美先輩が言ってるみたいに、寺尾さんも結果を出している小春さんを見習ったらいいのに」

怖いもの知らずの新人の口は、なかなかふさがらない。

ため息をついた晴美が声をひそめて言った。

「無理無理。小春と寺尾さんじゃ、クライアントに対する姿勢自体が違うもの。小春は、どんな相手にも、細《こま》やかなヒアリングと相手の環境に配慮したプランニングを提案する。さらには、かゆいところに手が届くと言われるアフターフォローが持ち味。寺尾さんはどっちかっていうと金額も依頼も大きいものが得意でしょ。引き渡しちゃえばアフターフォローもあまり要らないような。……まあ、合理的といえば合理的だし悪くはないんだろうけど……。スタイルは真逆だよね」

「自分と逆なのに人気があるから、よけいにライバル視してるんですねぇ」

「沙彩ちゃん、そんなことないから……」

とはいえ、美波が小春を敵視しているのは確かだ。人には合う合わないがあるので仕方がないと思うけれど、あからさまに敵意を向けられるのは勘弁願いたい。ましてや同じ職場で働いているのだから、今のようなことがあると周囲の雰囲気が気まずくなる。

小春は、微妙な雰囲気を打ち消すように明るい声を出した。

「じゃあ、ちょっと出てくるね。急ぎの電話が入ったら連絡して」

必要な資料をそろえて鞄《かばん》に入れ、パソコンの電源を落とす。

「わかった。直帰になる？」

「うーん、わからないけど、新規のヒアリングが長引かなければ一度戻ると思う。あとで連絡入れるから」

「了解っ。いってらっしゃい、加納先生っ」

「もう、やめてよー」

晴美とふざけ合いながら鞄を手に取ると、ちょうどオフィスに来ていた総務課の新人が駆け寄ってきた。

「加納さん宛です」

そう言って三通の封書を差し出され、お礼を言って受け取る。

「じゃあ、いってきます」

封書を持ったまま手を上げ、小春はオフィスを出た。

「いってらっしゃい」

背後に沙彩をはじめとしたスタッフたちの声を聞き、エレベーターホールへ向かう。

小春はエレベーターを待つあいだにざっと受け取った郵便物を確認した。

一通はメーカーに頼んであったサンプルの請求書。もう一通はクライアントからだ。

宛名は大人の字だが、封書の裏に〝コーディネーターのおねえさんへ〟と子どもの字で書かれている。今仕事を進めているクライアントの夫婦には、この春小学校に上がったばかりの娘さんがいた。

とても人懐《なつ》っこく、初めてヒアリングで顔を合わせたときから小春に懐いてくれていた。

気づけば自然と笑みが浮かぶ。しかし、三通目を確認した途端、その笑みが怪訝《けげん》なものに変わった。

「これ……以前にも……」

小春はその場で三通目の封を開いた。

四方を囲む蔦《つた》模様が浮き出し加工されたお洒落《しゃれ》な封筒で、差出人はＰＰデザインとある。中には、封筒と同じく四方に蔦のデザインが施《ほどこ》された便箋《びんせん》が一枚入っていた。

その内容はスカウトの打診。いわゆる、ヘッドハンティングだ。

「興味ないって……」

一ヶ月ほど前にも同じものが届いていたのを思い出す。センスのいい封筒だったので記憶に残っていた。小春は便箋を封筒に戻し、三通まとめて鞄に入れる。

ハァと息を吐き、ちょうど来たエレベーターに乗り込んだ。

引き抜きの打診をされるのは初めてではない。今までも、数社からそれらしい話をもらったことがあった。

けれど、会社に不満はない。仕事もやりやすいし、人間関係も良好だ。今の小春にこの手の話を考える余地などなかった。

能力を買ってもらえるのは嬉しいことだ。しかし、正直なところ、自分はまだそれに見合うような人間ではないと思える。

「イタリアで成功した、あいつに比べたら……」

不意にその姿が脳裏に浮かび上がる。いつでもシャンッと背筋を伸ばして歩いていた颯都。

彼と小春は、同じ大学のデザイン専攻科で常にトップ争いをしていた。彼の自信に満ち溢《あふ》れた笑顔はいつも明るく、それを見ていると自分も負けずに頑張ろうと思えた。

――カノ！

ふいに自分を呼ぶ颯都の声がよみがえり、小春はハッとする。

急いで思考を切り替え、開いたエレベーターのドアから外に出た。

あれからもう五年も経ったというのに、未だにふとしたことで颯都を思い出してしまう。

彼のことを考えると、どうしてもあの日の出来事がよみがえってくる。

――五年前。

あの日は、大学の卒業制作発表をかねた全国空間デザインコンクールの結果発表だった。コンクール常連入賞者の颯都が不参加ということもあり、小春は大学の期待を一身に受けて参加していた。また小春自身もその期待に応《こた》えるだけの自信と手応えを感じていた。

けれど結果は、直前になって参加を決めた颯都が満場一致の大賞受賞。小春は彼の思いもかけない奇抜なアイディアに完膚《かんぷ》なきまでに打ち負かされてしまったのだ。

そしてその夜、落ち込む小春を颯都は抱いた。

あの夜からどれだけ考えただろう……

どうして彼は自分を抱いたのか。

そして、なぜ小春になにも告げずイタリアへ行ってしまったのか……

イタリアに行くのが決まっていたのなら、あの夜、彼はどんなつもりで小春を抱いたのだろう。

（会えなくなるなら、連絡くらい欲しかった……。あの夜、二人の関係に進展があるかもしれないと思ったのは私だけ？）

しかし、イタリアから届いた一枚の絵葉書《えはがき》を見て、漠然とその答えを察した。

淡い光の中でゴロゴロ転がるトマトの写真に書かれた、短いメッセージ。

【俺も頑張るから、おまえも頑張れよ！】

颯都らしい言葉にクスリと笑みが零《こぼ》れ……同時に涙が出た……。

『一之瀬の……バーカ……』

結局、彼にとって小春はライバルであり友人でしかなかったのだ。身体を重ねたことにも、深い意味などなかったに違いない。

もしかしたら、本当に冷えた身体を温めるのが目的だったのではないかとさえ思ってしまう。

『……本当に馬鹿だ』

流れる涙を拭《ぬぐ》い、ズキズキと悲鳴を上げる胸の痛みに必死に耐える。

——颯都がイタリアで頑張るなら、友人として、自分は日本で頑張ろう。

小春は絵葉書を用意すると、颯都に返事を出した。

【頑張るよ、当たり前でしょう！　負けないからね！】

そうメッセージをつけて……

――それから一年に二回、春と秋に颯都から絵葉書が届くようになった。

相変わらず、メッセージは一言だけ。

【頑張ってるか？】

【過ぎちゃったけど、誕生日おめでとう！】

颯都から絵葉書が届くと、小春もすぐに返事を出した。

【頑張ってるよ！】

【イタリア生活一年だよ。よく続いてるね、すごい！】

【日本語忘れちゃってない？】

本当は、もっとたくさんいろいろ書きたかった。

就職したデザイン会社で頑張っていること。仕事のこと。大学で一緒だった仲間のこと……

けれど、それを書いたら、寂しがっていると颯都に思われるかもしれない。仕事が辛いんじゃないか。もしかしたら、颯都に会いたがっているのではないか。そう思われるのが、なんだか嫌だった。

そうして五年。一度も会うことなく葉書だけのやりとりが続いている。

イタリアの颯都は、今では新進気鋭のインテリアデザイナーとして注目を浴び、日本でも何度かメディアに取り上げられる有名人になった。

友人として、彼の活躍を素直に嬉しいと思う。

ただ……

こうしてときどき過去を思い出しては落ち込む自分が、未練たらしい人間のように思えて重いため息が出てしまう。

外に出て、すっきりと晴れ渡った空を見上げる。春の陽射しが目に眩《まぶ》しい。

「もう……四月の中旬か……」

毎年、四月になる前に届く颯都からの絵葉書が、今年はまだ届いていない。

なにかあったのではないかと心配したものの、雑誌の記事で、彼が独立することを知った。

きっとその準備で忙しいのだろう。落ち着いたら連絡がくるかもしれない。

そう思ってはいても、つい颯都はもう自分に絵葉書を送ってこないのではないかという不安が生まれる。

「……いい年して……」

思わず自嘲《じちょう》の笑みが浮かんだ。

どんなに割り切ったつもりでいても、未だに自分から葉書一枚出すことができずにいる。

意地を張ったまま、好きの〝す〟の字も言えなかった十二年間。

たった一度重ねた身体は心の突破口にはならず、彼への未練を強くしただけだった。

――いつまでたっても、彼を忘れられない。

小春は、ただの友人に戻ることも、素直に想いをぶつけることもできない自分を、もどかしく思った。


その日、仕事を終え小春が自宅マンションへ戻ったのは、二十一時を過ぎた頃だった。

五階建ての1ＬＤＫマンション。その五階に小春の部屋はある。

縦長のスペースに、パズルのように部屋をはめ込んだ造り。玄関を入ってすぐに十五畳のＬＤＫがあるのが気に入っていた。

食事も仕事も、帰ってきて即座に始めることができる。この部屋のリビングは、もう一つの仕事部屋みたいになっていた。

「ただいまあ～」

小春は一人暮らしなので、当然返事はない。

はあっと大きな息を吐き、資料が詰まったショルダーバッグとともにソファーに倒れ込む。

思っていた以上に身体が重く、このまま眠ってしまいたくなった。

(疲れ、溜まってんのかなぁ……)

だが、予想外にヒアリングに時間を取られてしまったため、今日の分の仕事をまだまとめられていなかった。

その他にも、今日中に見ておかなくてはならない資料がある。

……なにより、メイクを落とさずに眠るのはダメだ。

「翌朝てきめんに、肌に出るのよね……。曲がり角だからさぁ……」

自虐的な言葉は、自分で口に出す分には気にならないものである……

小春はソファーに横になったまま、郵便受けから無造作に掴《つか》んできたものを確認し始めた。

ダイレクトメールが三通。その一通一通の送り主を確認しながら、あいだに葉書が挟まっていないか確かめる。

……我ながら諦めが悪い。

「よっ!」と勢いよく起き上がり、手紙をテーブルに放った。

ビールでも飲んですっきりしたいところだが、まずはお仕事だ。

嘆息して立ち上がると、壁側のデスクに近づきノートパソコンの電源を入れる。

外出中、携帯に課長から新しい仕事についてのメールがきていた。

おそらく小春が担当することになるから、先に資料を小春のパソコンに送っておくとのことだった。

「ハウスメーカーの委託かな……。それとも新築とか……」

新規の仕事で指名を受けた場合、いつもだったら現在受け持っている仕事のスケジュールとの相談から始まる。

こうして勤務時間外にわざわざ資料を送ってくるということは、すでにこの仕事を受けるのは決定事項なのだ。

となると大手ハウスメーカーの委託案件か、単価の高い新築だろう。

どんどん受信される新着メール。その中に【新案件お願いします！】と張り切ったタイトルを見つけ、メールを開いた。

何気なく読み始めたメールだったが、徐々に小春の目が大きく見開かれていく。

まさか……

半信半疑でメールに添付されてきた画像を開いた。

そこに写るのは、少々古びたチャペルの外観。

「やっぱり、あそこだ……」

スタンダードな三角屋根と、正面の丸窓のステンドグラス。昔と変わらない外観が懐かしく、小春は長いことその画像を眺めていた。

「そっかぁ……、新しくなるんだ」

さっきまでの疲れはどこへやら。気づけば、今日一番なくらい気持ちが盛り上がっていた。

小春に持ち込まれた仕事は、チャペルの改装に伴う内装のコーディネート。

外観から式場までを担当するメインデザイナーが、コーディネーターとして小春を指名したようだ。指名を受けるのはもちろん嬉しい。だがそれ以上に、小春はこのチャペルを担当できるのが嬉しかった。

築二十年のチャペル会館。

結婚式から披露宴までを執《と》り行うことが可能で、広い庭でガーデンパーティーもできる。

それなりに利用者も多かったようだが、オーナー会社が事業縮小のために手放し六年前に閉館されていた。

その後、どこかの不動産会社が買い取ったと噂に聞いたが、閉館した状態で今に至る。

「よかった。取り壊しにならなくて……」

チャペルを見つめたまま、ぽつりと呟《つぶや》く。小春の脳裏に、颯都の姿が思い浮かんだ。

このチャペルは、学生時代に駅へ向かう通学路にあった。そしてそれは、颯都も同じだった。

小学校から大学まで腐れ縁が続いた二人は、通学途中、かなりの高確率でこのチャペルの前で顔を合わせ、ときに並んで歩きながら学校へ通った。

長いつきあいの中で、二人は友だちを交え遊びに行ったこともある。そんなときの待ち合わせ場所は、必ずこのチャペルの前だった。

一緒に、本物の結婚式を見たこともある。

中学三年の春。いつものごとくここで颯都と待ち合わせをした小春は、結婚式のガーデンパーティーに行きあった。

チャペル会館の周囲はたくさんの木々が植えられていて、中があまり見えないようになっている。しかし、その日は正面入口が開いていて中がよく見えた。

好奇心から中を覗《のぞ》いた二人は、幸せそうな新郎新婦を遠目に見たのだ。

一緒に見ているのが颯都だったからか、とても胸がドキドキしたのを覚えている。

けれど、そんな様子を颯都に見られたら、『なに？　おまえでも結婚式とか憧れたりするの？』とからかわれるかも、と不安になった。彼に対しては、どうしても意地を張ってしまう。

ぐっと表情を引き締め隣の颯都を窺《うかが》った小春は、そこで言葉を失った。

颯都はとても楽しげに結婚式の光景を見ていたからだ。

『誰かの幸せそうな顔って、いいよな』

『あ……うん、いいよね。こっちまで幸せになるし』

『こういう顔……させてやりたい……』

『誰に？』

何気なく言って、ハッとした。この状況で幸せな顔をさせてあげたい相手というのなら、それは未来の結婚相手に他ならない。

そのことに気づき、自分で言っておきながら顔が熱くなった。

『や、やだなぁ……、あんたも男だねぇ。そういうこと考えるんだ？』

焦ったあげく、小春は颯都をからかってその場を誤魔化そうとする。

すると颯都は、彼女のおでこをぺしっと叩いて笑った。

『当然だろ。あんなふうに笑ってもらえる仕事ができたら、最高だろう』

『そっ……そうだねっ！　そ、それは私もそう思う』

彼が考えていたのは、将来の仕事のことだった。

なんとも颯都らしいと思いながら、小春は話を合わせてアハハと笑う。

『だろう？　やっぱりおまえとは気が合うなぁ』

よっぽど嬉しかったのか、颯都は小春の背をバシバシと叩く。

『よしっ、負けねーぞっ。どっちが先にそんな仕事ができるか競争な』

『わ、私だって、負けないからね』

売り言葉に買い言葉のような約束は、漠然とした将来に対する希望。

なにになりたい、これをしたい……

中学三年生の二人には、まだハッキリと決まった夢があるわけではなかった。

けれど……

誰かに幸せを感じて笑ってもらえる仕事がしたい。

それが二人の新たな目標となった。

そんな将来の希望を語りあった特別な場所。小春にとって、このチャペルは思い出深い大切な場所なのだ。

「目標は、達成したよね。私たち」

小春の口元が自然とほころぶ。

あのとき二人で立てた、誰かに幸せを感じて笑ってもらえる仕事がしたいという目標。

そろってデザイナーとなった二人は、なにもない空間をデザインし、コーディネートすることで、たくさんの人を幸せな笑顔にする仕事をしている。

小春はパソコンの後ろへ手を伸ばし、棚から葉書ホルダーを取り出す。

アイボリーの革貼りの表紙をクラシカルな飾りが縁取っているそれは、一見すると外国の古書のようだ。そこに挟まっているのは、颯都から送られてきた十枚の絵葉書。

絵葉書の写真は、花や野菜、キャンドルや星空、眠る猫など様々だ。

せっかくイタリアにいるのだから、イタリアの観光名所を写した絵葉書を送ってくればいいのに、と思ったこともある。

けれど颯都のことだから、あえて日常の写真を使った絵葉書にしたのかもしれない。遠い国にいることを感じさせないように……

年に二回、五年分の葉書は全部で十枚。一番新しいものは去年の秋に来た葉書だ。

【やっとやりたかったことができそうだ。報告を待っててくれ！】

見ただけで張り切っているとわかるメッセージが書かれていた。だが、今年の分がまだ届かない。

「……忙しすぎて、忘れてるのかな」

彼の言う、やりたかったことがなんなのかはわからない。だが、日本でも注目され始めている人だ。きっと、小春には想像もできない大きなことなのだろう。

「薄情だぞ。こらっ」

葉書に書かれた彼の一言をピンッと弾く。しばらくそこを見つめていたが、小春はホルダーを戻し、再びモニターに映るチャペルの画像に目を向けた。

頑張っているのならそれでいい。

自分も彼に負けないように仕事を頑張るだけだ。

翌朝、始業後のミーティングで、正式に課長からチャペルの改装案件が告げられた。

隣に座っていた晴美が、「頑張ってよー、小春センセッ！」と言って肘でつついてくる。

納得の雰囲気が広がる中、ただ一人不満の声を上げる人がいた。

「どういった基準で、加納さんが指名されたんですか？」

その一言で、ミーティング室の雰囲気を一気に凍らせたのは寺尾美波だった。

彼女は腕を組み、眉間にしわを寄せて課長に顔を向ける。

「ブライダル関連なら、ホテル部門も含めて私のほうがキャリアがあると思います。コンセプトからいっても、加納さんより私の専門のような気がしますけど」

確かに、ブライダル関連は高級感のあるデザインを得意とする美波の十八番《おはこ》だ。彼女の言うとおり、小春よりよっぽどキャリアもある。

自分の得意分野だと思うからこそ、美波は小春が指名されたことに納得がいかないのだろう。

課長は困ったように苦笑いを漏《も》らし、しきりに時間を気にしている。

そろそろミーティングを切り上げなくてはならない時刻だ。

コーディネーターによっては、午前中にクライアントと打ち合わせが入っている者もいる。

「寺尾さんの気持ちもわかるけど、今回はデザイナーから直々《じきじき》に加納さんを指名されたんだよ」

「その担当デザイナーって誰なんですか？　どうせ、加納さん贔屓《びいき》のハウスメーカーでしょう？　無理を聞いてもらいやすいって理由で適当な指名をされたんじゃ、仕事がやりにくくてしょうがないわ」

強硬な態度を見せる美波に室内の空気がザワッと動いた。

この気の強さと仕事に対するプライドは、彼女の優れたコーディネートにも繋《つな》がっていると小春は思っている。とはいえ、できれば揉め事は避けたいのが本音だ。

（でも……）

小春はミーティングテーブルの上で組んだ手に力を入れる。

この仕事は、絶対に手放したくなかった。どんなことがあっても、あのチャペルの改装にかかわりたい。

「大丈夫……？」

なにも言わない小春を、晴美は心配したのだろう。気遣うように小声で尋ねられ、小春は小さくうなずき、笑みを浮かべる。

そのとき、ミーティング室のドアがいきなり開いた。

「失礼。まだミーティング中でしたか？　あとどのくらい待てば、俺はコーディネーターと会わせてもらえるのかな？」

突然部屋に入ってきたのは二十代後半の長身の青年だった。

襟足《えりあし》にかかる少し長めの黒髪。ジャケットにジーンズ。中にはラフなシャツを着ていた。人によってはだらしなく見えるスタイルだが、青年はまるでモデルのようにスッキリと着こなしている。

その姿を見た瞬間、小春は息を呑んだ。

同時に課長が青年に向かって頭を下げた。

「ああ、お待たせしてすみません。もう終わります」

「おとなしく待っていようと思いましたが、早く相棒に会いたくてね」

「ははは。これは随分と期待されているようだ」

課長は笑顔で小春を手で示した。

室内が大きなざわめきに包まれ始める。ここにいるみんなが、青年の正体に気づいたのだろう。

小春は目を見開き、青年を見つめたままゆっくりと立ち上がった。

すると青年は、足早に近づき……

「Ciao《チャオ》!　カノ！　会いたかった！」

いきなり小春を抱きしめた。

「おまえの作品資料、全部見たぞ。凄いな、想像以上の成果を上げているじゃないか。パートナーはおまえしかいないって確信したよ！」

「ちょ……ちょっ……」

「限られた空間に、クライアントの夢と希望を詰めこんでトータルコーディネートする。その完成度が素晴らしい。想像以上だ。やっぱりおまえのセンスは最高だよ！」

「……いっ、一之瀬っ！　どうしてここに!?」

小春は焦りに任せて青年の名を口にする。離せとばかりに彼のジャケットを後ろへ引っ張ると、颯都はにやりと笑った。

「五年ぶり。――カノ？」

ドキリと、痛いくらいに胸が高鳴った。

カノ、と、颯都だけの呼びかたにゾクゾクッと全身が粟立《あわだ》つ。心臓が勝手に早鐘を打ち始め、今にも眩暈《めまい》を起こしそうだ。

彼が……目の前にいる。

この五年間、ずっと忘れられずにいた、颯都が……

「……どうして」

なぜイタリアにいるはずの彼が、ここにいるのだろう。

聞きたいこと、言いたいこと、いろんなことが頭の中でぐるぐる回り、上手《うま》く言葉が出てこない。

口を半開きにしたままうろたえる小春の肩をポンッと叩き、颯都は室内を見回す。そして、右手を自分の胸にあて、爽《さわ》やかな笑顔を見せた。

「Buon《ボン》 giorno《ジョルノ》! 今回、チャペルホール・フェリーチェのリノベーションを担当します。デザイナーの……」

「一之瀬颯都先生っ！」

颯都が名乗る前に、室内で驚きの声が上がった。同時にわっと拍手が沸き起こる。

イタリアで活躍する颯都は、新進気鋭の日本人インテリアデザイナーとして、国内の雑誌にも紹介されている。ここで彼のことを知らない者はいないだろう。

「私は今回のリノベーションを、とても楽しみにしていました。早くコーディネーターと打ち合わせがしたくて、つい乗りこんでしまいましたが、怒らないでください」

そう言って、颯都は呆然とする小春に微笑み、その背をポンッと叩く。

「彼女が有能なのは皆さんご存じのとおりです。彼女をお借りしたら、きっと何十人ものクライアントが悔しがることでしょう。けれど、決して誰にも文句を言わせないものを完成させるとお約束します」

再び大きな拍手がミーティング室を満たす。

しかしそんな中、美波が席を立ち、颯都に近づいた。

「Piacere《ピアチェーレ》――一之瀬先生」

そう言って右手を差し出す美波に、颯都は笑顔で「Piacere《ピアチェーレ》 mio《ミーオ》」と両手でその手を取った。

颯都がイタリアへ行ったあと、少しだけだがイタリア語について勉強したことがある。Piacere《ピアチェーレ》とは、イタリア語で『はじめまして』。そして、颯都のPiacere《ピアチェーレ》 mio《ミーオ》は『こちらこそ、はじめまして』という意味だ。

「ご帰国されているとは存じませんでした。日本には、この仕事のために？」

「この春から、日本に個人事務所を構えたのですよ」

「そうなんですか？」

美波は驚いた顔をする。だが、隣で聞いている小春も驚いた。独立すると話題になっていたのは知っていたが、まさかそれが日本でだとは思わなかった。

（か……帰ってくるなら……、連絡くらいくれても……）

驚きつつ、つい不満を募らせる。同時に、葉書に書いてあった【やりたかったこと】とは、このことだろうかと思った。

「では、今回のチャペルのお仕事は、先生の帰国第一弾ということですね？」

握られた右手を左手で包み、それを胸にあてる美波の頬が、どことなく赤い。

それもそのはずで、彼については、世界が注目する若手インテリアデザイナーという他に、その優れた容姿にも注目が集まっていた。

昔から整った容姿をしていたが、イタリアへ行って、それに磨きがかかったように見える。

それを証明するように、美波だけでなく、この場にいる女性全員が彼に見惚《みと》れていた。

「チャペルの改装については全面的に任されています。それで、腕のいいコーディネーターの目が欲しいと思い、今回加納女史を指名させてもらいました」

チラリと視線を向けられ、ドキッとする。しかし颯都を挟んだ向こう側から美波に睨《にら》まれた。

「もしかして、一之瀬先生と加納さんはお知り合いですか？」

「ええ。学生時代の同級生です。彼女のことは昔からよく知っているので、仕事もやりやすい」

「そうだったんですね。……ですが、人選ミスだと思います」

「人選ミス？」

室内に緊張が走る。先程課長にぶつけていた不満を、今度は小春を指名した颯都本人にぶつけようとしているのがわかったからだ。

「チャペルなどのブライダル関係は、加納さんの得意分野ではありません。先生も彼女の実績をご覧になったならおわかりかと思いますが？」

「実績？　ええ、見ましたよ。全て。穏やかで優しい空間を作るのが上手《うま》かった」

「チャペルという場所に、その感性は適切と言えないのでは？　ブライダル関係で求められるのは、華やかさや豪華さといった、女性にとって最高のイベントを盛り上げられる感性ではありませんか？」

「華やかで豪華……。それこそ、貴女の得意分野ですね。寺尾美波さん」

颯都の言葉に、美波が息を呑む。

おそらく彼は、小春だけでなくここのコーディネーター全員の作品を見ているのだろう。もちろん、美波の実績も把握しているはずだ。

颯都が自分のことを知っていたことに気を良くした美波は、満面の笑みを浮かべる。

しかしその表情は、次の彼の一言で固まった。

「ですが、それを承知で、私は加納女史を指名しました」

室内のざわめきがぴたりと止まった。

微笑みを浮かべる颯都の言葉を、誰もが固唾《かたず》を呑んで待つ。

「今回改装するチャペルを、貴女は直接ご覧になったことがありますか？」

「近くを通りかかったことなら……」

「それはおそらく閉館してからでしょう。普通に機能していた頃は？」

「いいえ……」

小春の脳裏に、過去の思い出がよみがえる。

二人で覗《のぞ》き見た結婚式。幸せに包まれた新郎新婦の様子は、参列者全てを笑顔にしていた。

「あのチャペルは、どちらかといえばナチュラルでアットホームな雰囲気が売りです。そのため大切にすべきは、豪華さではなく、優しさや穏やかさです。——そう、たとえるなら、ローマの中心部に建つ小さな教会のような。有名な教会の陰になっていても、市民に愛され続ける場所。そんな素朴《そぼく》な温かさです。加納女史のコーディネートなら、それを再びあそこに取り戻すことができると確信しているのです」

そう言って微笑んだ彼に、ギュッと、心を鷲掴《わしづか》みにされた気がした。

息を詰まらせ、小春はじっと颯都を見つめる。

彼が浮かべた微笑みは、二人で初めて結婚式を覗き見たときの笑顔に似ているような気がした。

颯都は握っていた美波の右手を引き寄せ、至近距離で彼女の瞳を覗き込んだ。

「ゴージャスなものを求めるのなら、このオフィスで貴女に敵《かな》うコーディネーターはいない。ただ今回は、求めるコンセプトが違うのですよ」

「そ……そうなんですね……。それじゃぁ、しょうがないかしら……」

颯都に見つめられ、美波は顔を上気させて落ち着かない様子で視線を彷徨《さまよ》わせている。

彼女がすんなり納得したことで、室内に安堵の空気が流れた。

小春もホッと肩の力を抜く。そんな小春に、颯都が視線を向けてくる。

ドキリとした瞬間、親しげに肩を抱かれた。

「では早速、私とミーティングを始めようか。Signora《シニョーラ》」

五年前のことなど、なかったような態度。つい、ずっと悩んでいた自分はなんだったのだと思ってしまう。

同時に封印したはずの恋心が疼《うず》き出す。

小春は仕事中だと自分に言い聞かせ、できるだけ冷静な態度を取った。

「加納です」

「ん？」

「私の名前は、加納、です、一之瀬先生。『シニョーラ』ではありません。それに、先程から気になっておりましたが、ここは日本ですよ」

事務的に言い放ち、小春は颯都から目を逸《そ》らす。テーブルに置いていた資料を持ってトントンとそろえると、胸に抱いた。

「それに私は未婚です」

Signora《シニョーラ》はイタリア語で既婚女性に対する敬称だったはずだ。

すると、颯都は、わずかに苦笑し言葉を改めた。

「失礼。——加納先生」

「先生、は不要です。私は一之瀬先生のような実績はありませんので」

「いいえ。デザイナー仲間に、コーディネーターに仕事を頼むなら誰を指名したいかと聞けば、あがる名前の中に必ず先生の名前がある。ですから私は、敬意を込めてSignora《シニョーラ》と呼ばせていただいた。未婚女性に使うSignorina《シニョリーナ》は、〝小娘〟と少々軽視する意味も含まれる。自立した素晴らしい女性には使いません。少なくとも、イタリアでは」

「ここは日本です」

もう一度繰り返し、小春は颯都の横を通り過ぎる。

「別のミーティング室を使いましょう。ご案内します」

「ありがとう。加納女史。——と、お呼びすればいいですか？」

なんとなく皮肉を言われたような気がして、小春は眉を寄せさっさとミーティング室を出た。

すると、背後で楽しそうな笑い声が起こる。

「一之瀬先生、頑張ってくださーい」

そんな女性スタッフの声が聞こえた。おおかた、颯都が手を振って愛想を振りまいているのだろう。

（なんか……、随分と軽い、っていうか、愛想のいい男になってない……？）

昔はもう少し真面目で堅い印象だったのに。

ミーティングルームから離れたところで、二人は同時に口を開いた。

「あんたさぁ」

「おまえさぁ」

二人は廊下の真ん中で顔を見合わせた。

「お先にどうぞ」

「おまえ、さっきのなに？　敬称でつっかかられたの、初めてなんだけど」

小春が先を譲ると、颯都は遠慮なく自分の疑問をぶつけてくる。二人きりになった途端、彼の口調はすっかり砕け、一瞬で昔の雰囲気が戻ってきたような気がした。

「別に間違ったことは言ってないじゃない」

「そりゃそうだけど……おまえイタリア来たことある？」

「あれくらい本とか見ていれば、雑学程度には覚えるわよ」

「ふぅん……」

なにか納得しかねるといった感じの生返事。もちろん本当のことなど口にできないまま、今度は小春が質問をした。

「びっくりした……。いつ、こっちに戻ったの？」

「一ヶ月前」

「い、一ヶ月前？」

小春は颯都に目を向ける。彼はちょっと困った顔をして、彼女の顔を覗《のぞ》き込んだ。

「もしかして、怒ってる？　連絡のひとつも寄こさないでって」

「べ……別に怒ってなんかないわよ。それより、……近いっ」

「なにが？」

「顔っ！」

先程美波にも同じような近さで話をしていたが、互いの鼻がくっつきそうな至近距離だ。

小春が一歩後退して離れると、颯都は苦笑して背筋を伸ばす。

「本当に怒ってないの？」

「だから、なんで怒らなくちゃならないのよ。で？　この一ヶ月間、なにやってたの？まさか観光とかいうんじゃないでしょうね？」

「事務所とか、マンションの準備とか。荷物を整理したり、いろいろかな。気づいたらあっという間に一ヶ月経ってた。まあ、おかげである程度環境は整ったけど」

「事務所？」

「俺、葉書に書いたよな？『やっとやりたかったことができそうだ』って」

小春は黙って颯都を凝視する。

——やっとやりたかったことができそうだ。報告を待っててくれ！

思い返して、カッと頬が熱くなる。小春はそれに気づかれないよう、くるりと彼に背を向けて歩き出した。

「そ……そういえば、そんなことも書いてあったわね……。独立するって噂を聞いてたから、そのことかとは思ってた」

「そう。向こうであらかた準備を整えて帰国したんだけど、やっぱりいろいろと忙しくて。仕事の打ち合わせもびっしりだったし」

急ぎ足になる小春に反して、颯都はのんびりとついてくる。

それでもぴったりと横に並んで歩き、視線はずっと彼女を捉《とら》えていた。

「独立って、てっきりイタリアでオフィスを持つのかと思ってた」

「独立するときは絶対に日本で、って決めてたんだ。イタリアでのキャリアがあるから、仕事も取りやすいし」

「その様子だと、すでに贔屓《ひいき》にしてくれるスポンサーも付いてます、って感じね」

「ご名答」

「はいはい、先生、先生」

冷やかしとも嫌みとも取れる口調で、小春は廊下の奥にある小ミーティング室のドアを開けた。先に颯都を入室させ、そのあとから入ってドアを閉める。

するると、顔の両側を颯都の腕に挟まれた。すぐ後ろに密着するような彼の気配を感じる。

「カノ……」

耳元で囁《ささや》きかける声にドキリとする。同時にピクリと肩が震えてしまい、そんな反応を見られたことに苛立ちを感じた。

「『おかえり』って、言ってくれないの？」

颯都の声が耳に近い。ドキドキと心臓が早鐘を打ち始め、身体が震えている気がする。

友人として、『おかえり』と、言って笑えばいい。『凄いね。イタリアで大活躍だったね』と言えばいいのだ。

――けれど、感情が理性を裏切る……。

「……いってらっしゃい、って……、言ってないもの……」

小春の口から出た言葉は、相手を詰《なじ》るようなものだった。

「勝手にいなくなったくせに。おかえりって言えとか、意味がわからない」

「やっぱり、怒ってる？」

「またその話？　連絡しなかったことは、別に……」

「俺が、カノになにも言わないでイタリアに行ったこと」

ビクリと肩が震えた。真後ろにいる颯都にも伝わっただろう。

「『勝手にいなくなったくせに』っていうのは……怒ってるから使う言葉だよな？」

「揚げ足を取らないで。なにも言わなかったのは大学のみんなにも同じでしょ……」

別に今さら怒ってなんかいない。そう、言ってやろうとしたら、耳元に静かな声が落ちた。

「――ごめん」

その声音に、小春の動きが止まった。なんともいえない複雑な寂しさを含んでいたような気がして、胸がグッと詰まる。

「カノの顔を見たら、行けなくなるような気がした……。だから、イタリアで自分を磨いて、黙って行ったことをカノが笑って許してくれるくらい大きな人間になって帰ってこようと思った」

「……なったじゃない……」

「うん……」

彼が耳元でクスリと笑みを漏《も》らす。

「だから……こうして帰ってこられた」

ドアについていた手を離し、彼が小春の背後から離れる。

（ずるい……）

颯都の気配を背後に感じながら、小春は強く資料を胸に抱く。そうして押さえないと、高まる鼓動が相手に聞こえてしまいそうだった。

（そんなこと言われたら……怒れないじゃない……）

本当は会いたかった。声が聞きたかった。いつも彼のことを想っていた。

——だけど、自分と彼の想いは違う。

近くで椅子を引く音がして、彼が座ったようだった。

小春はなんとか気持ちを落ち着かせ、颯都のほうを向く。

彼は腕を組んで椅子に座り、まっすぐに小春を見つめていた。

「カノ、本当に怒ってないの？　さっきから、なんか冷たくない？」

「冷たいとか、おかしなこと言わないで」

「だって、葉書の中のカノは、もっと俺に優しかった気がする」

「葉書の中……」

「俺が出せば、必ず一言添えて返してくれただろう。絵葉書。この春は、忙しくしていたせいもあって葉書を出せなかったんだ。もしかして、そのことも怒ってる？」

探るような目で見られ、胸の奥が痛む。

しかし小春は、颯都にとって自分は腐れ縁の友人でありライバルでしかないと知っている。だからあえて素っ気なさを装った。

「絵葉書？　ああ、そういえば今年はまだきてなかったっけ？　すっかり忘れてたわ」

小春は彼から目を逸《そ》らし、颯都の隣にファイルを置いた。

「本当？　カノはきっちりしてて細《こま》かいからさ、〝颯都くんってば連絡くれないっ。ぷんぷんっ〟とか怒ってんじゃないかと思ってた」

「なんなのよ、その怒りかた。中学生かっ」

「どっちかってぇと、〝恋人からの連絡がこなくて拗《す》ねる彼女。カッコ仮〟って感じ？」

「たとえが飛躍し過ぎ。あんたからの絵葉書は、見たらすぐ処理済みのレターケースに放り込んでたから、くる時期とか覚えてないわよ」

「そのわりに、いつもすぐに返事くれたよな」

「連絡もらったら、返すのが礼儀でしょ」

「俺は、もらった絵葉書、全部別にして取ってあるけど？」

言い返しかけていた言葉が止まる。

「一枚一枚、写真立てに入れてさ。寝室に並べて興奮してた」

「へっ、変態かっ！」

突拍子もない告白に、思わずムキになる。テーブルをバンッと叩いて颯都に顔を向けると、涼しい目に見つめられた。

クスッと笑った表情は、どこかくすぐったそうに、嬉しそうに、小春に向けられている。

「興奮するだろう？　葉書の文面からさ、カノが凄く頑張っているのが伝わってくるんだから。よし、俺も負けていられないって、意欲が湧いてきた」

なにも言えずにいると、再び颯都がにやりと笑う。

「こーんなあったかい話なのに、なにを想像したんでしょうかー、加納センセーはぁ。大人になるってイヤだねぇ。なんだか変わっちゃってて悲しいー」

「あっ、あんたねぇっ」

小春はここぞとばかりに言い返した。

「変わったのは、あんただって同じでしょっ。なによ、さっきの態度は」

「俺、なんかした？」

「いきなり私に抱きつくわ、寺尾さんの手は握るわ、必要以上に褒《ほ》めるわ。あんなことされたら、女はすぐ誤解しますよー、一之瀬センセー。イタリアでは普通かもしれませんけどっ」

(手を握ったり、顔を近づけたり……。なんなのよ、あれは。バーで女を口説《くど》いてるのとは違うのよ。やりすぎでしょう！)

「別に、おかしなことはなにも言っていないだろう？」

彼女の怒りをものともせず、颯都は椅子の背もたれに寄りかかる。顎《あご》を上げて、小春を見据えながら、心外だと言わんばかりに冷静な声を出した。

「全部本当のことだ。おまえのコーディネートが素晴らしいのも、寺尾女史のコーディネートが豪華さに長《た》けていることも。それを素直に褒《ほ》めただけだ。人の長所、自分が素晴らしいと感じたところ、それを相手に伝えるのは悪いことか？」

「そんなことは、ないけど……」

「イタリアの男は、よく口が上手《うま》いと言われる。だけど、それは正直な感情を伝えているだけなんだ。美しいと感じたものや好きだと感じたものに対してストレートに感情を口にする。……感情表現が苦手な日本人からすれば、陽気で軽いと思われることが多いけど。……まあ、お国柄、ってやつだよな」

そんなふうに言われると、なんだか自分がとても失礼なことを言った気分になってきた。

「……一之瀬は、五年もイタリアにいたんだし……」

「うん？」

「感化も、されるわよね……。素直に人を褒められるのって、素敵だと思う……」

「さすが！　潔《いさぎよ》くて物わかりのいいところは、昔のままだな、カノ！」

勢いよく椅子から立ち上がり、颯都が小春に抱きつく。ハハハと笑いながら、彼女の背をポンポンと叩き、嬉しそうな笑顔を見せた。

「いやー、でも、美人になったな、カノ。メイクなんかして、見違えたぞ。あー、でも、ちょっとだけ肌が荒れてるかな？　仕事忙しい？　寝不足？　そうだ、これからホテルのカフェに行こう。お肌つやつやになりそうなサラダバーがあるんだ」

「ちょちょちょ、ちょいまちっ」

ぺらぺらと一人で話しまくる颯都を止めるべく、小春は行き場に迷っていた両手で彼のジャケットを引っ張る。

「なに言ってんの。これからミーティング。仕事よ、仕事っ」

「打ち合わせだろ？　打ち合わせってのは、レストランとかカフェとか、もしくは相手を自宅に招いてとか、ゆっくりやるもんだ」

「それはイタリア式っ。ここは日本っ。打ち合わせはここでするの」

「えーっ、でも俺、朝食まだなんだけど。腹減った」

小春を離し、颯都は笑顔を見せる。あまりにもあっけらかんと言われ、小春は目をぱちくりとさせてしまった。

彼の顔を見ているうち、なんとなくおかしくなってくる。変に気を張っている自分が、馬鹿らしくなってきた。

小春はぷっと噴き出し、声を上げて笑う。

「なんなの？　もう、相変わらず自由過ぎるでしょ」

「カノが構え過ぎなんだよ」

颯都の手が小春のひたいをぺしっと叩く。そしてにっこりと笑った。

「なんか、やっと昔のカノに戻ったな」

彼の言葉に、胸の奥がかすかに痛んだ。けれど、その痛みに気づかないふりをする。

私たちは友人だ。ならば、緊張する必要も、構える必要もない。

颯都に仕事のパートナーとして選んでもらえたことを素直に喜び、小春は自分の仕事をすればいいのだ。

小春は肩の力を抜いてポンッと颯都の胸を叩いた。

「チャペルの改装。パートナーに指名してくれてありがとう。嬉しかった」

小春が仕事の顔を見せたせいだろう。颯都がにやりと笑う。

「この仕事を受けたとき、絶対におまえを指名しようと思った。――たとえおまえが無名でも、なんだかんだと理由をつけて指名していたよ」

「一之瀬……」

「あのチャペルは、俺にとって思い出の場所なんだ。……絶対に、いい仕事がしたい。カノの仕事ぶりを見て、パートナーはおまえしかないって、ずっと思っていた」

小春の鼓動が大きく高鳴った。学生の頃、互いに切磋琢磨《せっさたくま》していた気持ちを思い出す。

あのチャペルに思い入れがあるのは、小春も同じだ。

だからこそ、絶対にいい仕事がしたいという想いは彼と同じ。

小春は片手で握りこぶしを作ると、振り上げた。

「頑張ろう。チャペルのリフォーム、絶対、一之瀬を唸《うな》らせるようなコーディネートをしてみせるよ」

その振り上げたこぶしを、颯都の手が包む。そして小春に顔を近づけ、嬉しそうに微笑んだ。

「良かった。昔のカノだ」

「一之瀬……」

小春から手を離し、颯都はテーブルに置かれた彼女のファイルを持つ。親指でクイッとドアを指し、ウインクした。

「さっ、打ち合わせに行くぞ」

「い、一之瀬？」

さっさとドアを開けて歩き出す颯都を、慌てて追いかける。彼は自信たっぷりに断言した。

「今回の仕事は、リフォームじゃない。リノベーションだ」

「リノベーション……」

「やるなら、徹底していいものにしたい。そう思わないか？」

「思う！」

小春が間髪《かんはつ》を容《い》れずに答えると、颯都が笑みを見せた。

原状回復を表すリフォームと違い、リノベーションは、より高品質高機能を目指す改装だ。

必然的に、チャペルは昔よりもより素晴らしいものになる。

「いい仕事をしよう、カノ。一緒に」

「もちろん」

自信に溢《あふ》れた颯都の横顔を、小春は頼もしく感じて見つめるのだった。

第二章

チャペルのリノベーションに着手して、二週間。

ガーデンデザインを含めた外装や内装のイメージなど、基本的な部分はもちろんメインデザイナーである颯都の仕事である。

小春は、ブライズルームやゲストルーム、エントランスなど、人がくつろぐ空間のコーディネートを主に担当していた。

チャペルの完成は六月中旬と決められているから、急ピッチでインテリアプランボードから図面を引き、打ち合わせの日々が続く。

調度品や設置する家具のセレクト、発注、納品日の確認。毎日目が回るほどの忙しさだ。

やりがいがあって楽しい仕事ではあるが、そのせいで他の仕事にほとんど時間が取れない状態になっていた。

「ええ、はい……申し訳ありません。またよろしくお願いします」

受話器を置き、小春はふうっと息を吐く。

「どうしたの？　浮かない顔して」

　後ろからパコッと軽く頭を叩かれた。頭を押さえながら振り向くと、そこには丸めたパンフレットを持った晴美が立っている。

「大丈夫？　なんか疲れてない？　今の電話、なにかトラブルだったの？」

「ううん。いつも依頼してくれるハウスメーカーの営業さん。急ぎの案件があるんだけどなんとかならないか、っていう電話だったの」

「あー、それは無理だよね。小春は、今チャペルの件でいっぱいいっぱいだし」

「せめて、手持ちの仕事がもう少し片づいていればなんとかなったんだけど……」

「しょうがないじゃない。身体はひとつしかないんだから。受けられないときだってあるわよ」

「うん……、あれ？　そういえば晴美の右腕は？」

「右腕？」

　晴美が自分の右手をじっと眺める。小春が噴き出したのを見て、やっとその意味を悟ったようだ。

「あっ、沙彩ちゃんね。今、総務におつかいに行ってる」

　噂をすればなんとやら。ちょうど沙彩が戻ってきた。

　小柄な彼女の動きは、ちょこちょこと小動物のようにかわいらしく見える。小春が笑顔で眺めていると、沙彩と目が合った。彼女は、にこにこしながらこちらに近寄ってくる。

「小春さーん、お手紙きてまーす」

沙彩は腕に抱えている郵便物の中から二通抜いて、小春に差し出してきた。おつかいのついでに郵便物をピックアップしてきたらしい。

渡された封書を確認すると、一通はときどき手紙をくれるクライアントの娘さんからだった。

（そういえば、この案件は、商品セレクトの段階で打ち合わせが止まったままだった）

クライアントの杉本家《すぎもとけ》とは、プランニングまでは順調にいっていた。しかし、商品セレクトの段階で家族の意見が割れ、話が止まってしまったのだ。

どちらの希望にも添えるような提案を複数用意し、相手の連絡を待っていた。

とはいえ、話が割れたまま前に進めないのなら相談に乗らなくてはならない。チャペルの件が忙し過ぎて、こちらからの連絡が疎《おろそ》かになっていたことを反省する。

腕時計で時間を確認すると、十六時少し前だった。事前に指定された連絡時間は、夕方の早い時間とのことなので、今なら大丈夫だろう。

小春はデスクの上のスマホを手に取り、早速杉本家に電話をかけた。

「杉本さんですか。ご無沙汰いたしております。蘆田デザインの加納です」

そのとき、視界の端に仕事の手を止め、こちらを振り返った美波が見える。彼女が物言いたげに肩をすくめたのが見え、なんとなく気になった。直後、小春の耳に驚くべき言葉が響いた。

「え……あの、それはどういうことで……」

咄嗟《とっさ》に状況が理解ができない。

『そっちで話し合って決めたんじゃないの？　うちはリフォームが進めば、どっちでもいいから』

説明を求めようとした小春に対し、相手はそう言って電話を切ってしまった。

スマホを耳から離して呆然とする小春の顔を、心配そうに晴美が覗《のぞ》き込んでくる。

小春はスマホを置き、手に持っていた杉本家の娘さんからの封書を開いた。

かわいらしいピンクの便箋《びんせん》いっぱいに、一生懸命書いてくれたのであろう文字が並んでいる。そこには、お姉さんの仕事が忙しくなくなったら、またお話を聞いてくださいというようなことが書かれていた。

小春はキュッと下唇を噛む。手紙を手にしたまま席を立ち、美波の席へ歩み寄った。

「寺尾さん。杉本さんの件、どういうことですか？」

その問いかけに対して、美波は動かなかった。しかし、しばらくして小さく息を吐き、チラリと小春を振り向く。

「今、杉本さんと電話していたじゃない。あなたが聞いたとおりよ」

「担当が寺尾さんに替わったと言われました。そんな話、私は聞いていませんし、担当替えをお願いした覚えもありませんが……」

「あなたが忙しそうだから、代わりに受けたんじゃない。お舅《しゅうと》さんと息子さんのあいだで、リフォーム用建材について意見が食い違っていたんでしょう？　あちらから連絡があって、私があいだに入ったらすぐに解決したわよ。課長も承知しているわ」

美波は座ったままくるりと椅子を回し、腕を組んで小春を見上げた。

「お舅さんが持っているマンションのリフォームでしょ。資金を出すのもお舅さんだし、どちらを優先するかは明らかじゃない。孫娘かわいさに、床材も壁材も、輸入物の高価なものを選んでくれたわよ。なかなかセンスのいいセレクトだったわ」

美波の言うとおり、元々この案件は舅の持つマンションに息子家族が入居するから、部屋を綺麗にリフォームしてほしいという依頼だった。けれど……

「その孫娘のために、話し合っていたんです。だから……」

「聞いているわ。アレルギーですってね。でも、ハウスダストが原因のものは、たいていリフォームで部屋が綺麗になれば治まるわ。あなたみたいに、わざわざ自然素材のものばかりすすめなくても大丈夫よ」

小春の言葉を手を上げて制した美波は、呆れたようにため息をついた。

「あれって、ナチュラルで落ち着く素材だけど、見る人によっては、ちょっと野暮ったく感じるのよね。お舅《しゅうと》さんは見た目重視のようだったし、話が進まなくて当たり前よ」

「待ってください。彼女はただのアレルギーじゃないんです。あれは……！」

「加納さん。リフォームの内容を決めるのはクライアントよ。この話が進まなかったのは、相手の希望を充分に汲《く》み取れなかったあなたの落ち度でしょう。同じように、コーディネーターを選ぶのもクライアントの自由だわ。そうでしょう？」

確かに美波の言うことは間違っていない。チャペルの仕事の忙しさにかまけて、クライアントへの連絡を怠《おこた》っていたのは小春だ。

クライアントが担当変更を認めているのであれば、今さら小春が文句を言ったところでどうしようもない。むしろ、忙しい小春に代わって、滞《とどこお》っていた仕事をフォローしてくれた美波に感謝すべきところだろう。文句を言うのは間違っている。

けれど、小春にはどうしても引き下がれないことがあった。

小春は内心の憤《いきどお》りをぐっと抑えて、できるだけ冷静に口を開く。

「息子さん側の話は聞かれましたか……」

「もちろん聞いたわ。最初は少し渋っていたけれど、出資者はあくまでお舅さんなんだって話をしたら、了解してくれた。……あとは？　なにが聞きたいの？」

美波は淡々と話を先に進める。どうしてこんな簡単に進む話に、今まで時間をかけていたのか不思議だと言わんばかりだ。

クライアントの娘さんからもらった手紙を持つ手にぐっと力が入る。

――早く普通に暮らしたい。

そう言って、一生懸命話してくれた女の子のことを思い出す。

「……今回のリフォームを必要としているのは、アレルギーのある娘さんなんです。できるだけ急ぐ事情があるのに、連絡を怠ってしまったのは私の落ち度ですが、お舅さんの希望だけでは、本当の意味で彼女のためにならないんです。せめて、アレルギーに対する対応策を、もう少し考慮していただけませんか……」

「そうやって、また話を止めるの？　あなたなりのこだわりがあるのはわかるけど、コーディネーターのこだわりでクライアントを振り回していいものじゃないでしょう」

「振り回すなんて……そんなことは……」

「向こうの意向は決まったのよ。それを叶えるのがコーディネーターでしょう」

「本当に求める人のためじゃないリフォームやコーディネートに、なんの意味があるんです！」

思わず大声で言い返してしまった。

すると、顔をしかめた美波が勢いよく立ち上がる。

ひとつの考えとして、美波の言うことも間違ってはいない。小春もそれはわかっている。

しかし今回だけは、どうしても譲れない想いがあるのだ。

無言になった二人のあいだに、いつにない緊張感が漂う。

周りのスタッフは、固唾《かたず》を呑んでそんな二人を見つめていた。

そのとき――

小春の視線を遮《さえぎ》るように、顔の前に大きな手のひらが割って入ってきた。

「ダメダメ。美人同士が怖い顔して見つめ合うなんて」

爽《さわ》やかな声が、この場の険悪な雰囲気を打ち破った。

いつの間に来たのか、あいだに立って二人の顔の前に手のひらを広げているのは颯都だ。

「一之瀬……」

「一之瀬先生！」

小春と美波の言葉が重なった。顔の前から手を引いた颯都は、にやっと口角を上げる。

「そういう情熱的な視線は、落としたい男の前でするといい。ただし、そのときは、もっと眉を下げてね。眉間のしわが、美人を台無しにしているよ」

ちょっと気取った言葉も、彼の場合はなぜか様《さま》になる。

ポッと頬を染めた美波は、慌てたように眉間についていた溝をぐいぐい伸ばした。

その瞬間、颯都の後ろにいた女性が小さく笑い声を漏《も》らす。それに気づいた颯都がわずかに顔を向け「笑わなくてもいいだろ」と囁《ささや》いた。

小春はそこで初めて、彼のそばに女性が立っていることに気づく。

落ち着いて見えるが、おそらく小春より年下だろう。

ふんわりとカールのかかった髪を背に垂らした優しげな美人。比較的ラフな恰好をした者が多いオフィスの中で、すらりとした彼女のタイトなスーツ姿は目を引いた。

すると、女性に気づいた一部のスタッフが、慌てて立ち上がり頭を下げる。小春は初めて見る顔だが、もしかすると大事な取引相手なのかもしれない。

……それなら、なんで颯都と一緒にいるのだろう？

颯都の背後に立つ女性は、彼に寄り添うみたいに立っている。それに、なんだか二人の距離が、妙に近いような気がした……

（なんだか親しそうだけど……誰……？）

そんなことが気になり、小春の視線が女性に釘付けになる。

一方、美波は驚いた表情をして、女性に会釈《えしゃく》をした。

「お久しぶりです美波さん。五年ぶりですね。ご活躍は父から聞いています」

「お嬢さん、いつイタリアから戻られたんですか」

驚く美波の声を聞いて、小春の耳は二人の会話に引きつけられる。お嬢さん、という言葉と、イタリア、という言葉が引っ掛かった。

女性は小春のほうを向き、にこりと微笑んだ。

「はじめまして、加納小春さん。蘆田エリカです。小春さんのご活躍も、父から聞いています」

「あ……はじめまして……。加納小春です。え……？　蘆田……エリカさん……？」

いきなりの自己紹介に戸惑うも、女性の名前を聞いてさらに戸惑う。

会ったことはなかったが、彼女はこの会社の社長令嬢だった。

だがエリカと一緒に自分を見ている美波が視界に入って、ハッとする。すっかり勢いを削《そ》がれてしまったが、小春は美波に伝えなくてはいけないことがあるのだ。

「あの、寺尾さん……」

話しかけた小春の言葉を、颯都が遮《さえぎ》った。

「はーい、カノー。おまえは俺との仕事の時間だ。頭も身体も、全部俺のために使う時間だよー。もちろん……」

途中で言葉を切った颯都は、長い人差し指で小春の顎《あご》を持ち上げ、顔を覗《のぞ》き込んできた。

「心も全部、俺に預ける時間だ」

全身全霊を仕事に注《そそ》げ、という意味なのだろうが、どうしてわざわざそんな誤解を受けるような言いかたをするのか。

「ちょっ……！」

だが颯都は、カッとなった小春の首に腕を巻きつけ無理やりデスクへ引っ張っていく。

「ちょちょちょっ……ちょっとっ……」

引きずられて行く小春を見て、エリカがクスクス笑っている。それが目に入った途端、急に恥ずかしくなった。

冷静になってオフィスを見回すと、晴美やスタッフたちがホッとした顔をしている。

「ほら、早く用意しろ。打ち合わせだ、打ち合わせ」

「ちょっと待ってよ。打ち合わせって、今日は現場を見に行く予定で……」

「それは変更。仕事なんてものは、予定どおりにいかないもんなの！」

「なんなのよ、そんないい加減でいいの？」

「臨機応変って言葉、知らないのぉ？　加納センセー」

ムッとする小春に構うことなく、颯都は彼女から腕を離してデスクの上を片づけ始める。

そこで颯都は、置きっぱなしにしていた空《から》の封筒に気づいたようだ。小春がずっと握りしめている便箋《びんせん》に目をやり、封筒を差し出してきた。

「せっかくの手紙が、しわになるぞ。もらった気持ちを大切にしろよ」

握りしめていた便箋を見ると、大きくしわが寄り一部は破れかかっている。

「……かわいい字が、台無し……」

ついてしまった折り目を丁寧に伸ばして、受け取った封筒に入れた。少女の笑顔を思い出し、胸が痛くなる。

エリカが近づいてきて、にっこりと颯都へ笑いかけた。

「私の予定は後回し？」

「ああ。悪いけど、今日は予定変更だ」

「わかったわ。また都合のいい日を教えてちょうだい」

エリカはそう言ってから、小春に視線を移し、ふわっと微笑んだ。

「小春さん、またお会いしましょうね」

「は、はい」

かしこまって返事をする小春に再び微笑んで、エリカはオフィスから出て行った。

「それじゃあ、加納先生は直帰でよろしく」

颯都がそばに立っていた晴美にそう告げ、小春の腕を引っ張る。

「ちょっと！」

小春に構わず、彼はさっさと歩き出した。

このまま連れ出されるのは困る。小春は美波に、杉本家のプランをもう一度見直してもらうことを頼もうと考えているのだ。小春は掴《つか》まれた腕を引いて立ち止まろうとする。

するとさらに強く引っ張られた。颯都に掴まれた腕がギリッと痛む。

「痛いっ……」

荒っぽいとも思える颯都の態度に、小春は文句を言ってやろうとした。だが、それより先に颯都がグイッと顔を近づけ、目と鼻の先で鋭い声を出す。

「脳ミソ切り替えろ。眉間にしわ寄せて、誰かを笑顔にする仕事ができるのか」

ハッと息を呑む。

――誰かを笑顔にするための仕事。

それは、かつて颯都が小春に言った言葉だった。

そして小春が、ずっと心に留め続けている言葉。

おずおずと彼を見上げる。颯都は、黙って小春を見下ろしていた……

確かに、こんな精神状態では美波と冷静に仕事の話などできないだろう。

抵抗をやめると、颯都の手が離れた。誰にともなく「いってきます」と呟《つぶや》き、小春は颯都のあとについてオフィスを出た。

「あんなふうにムキになったおまえを見るのは、二度目だ」

視線を上げると、颯都が苦笑いをして小春を見つめている。先程見せた厳しさとは、打って変わった柔らかい雰囲気。

なんとなく『しょーがねーな』と言われているような気がした。恥ずかしくなった小春は、颯都から顔を逸《そ》らして先に歩き出した。

「大人げないとか、言いたいんでしょ」

すぐに追いついた颯都が、小春の横に並ぶ。彼は両手を頭の後ろで組み、ため息をついた。

「言わないよ。おまえには、ああしなきゃならない理由があったんだろ」

「一之瀬……」

颯都はわかってくれている。そう思ったら、肩から力が抜けた。ホッとしたのが顔に出ていたのか、彼がクスリと笑う。

「無理やり連れ出して悪かったな。とりあえず、美味《うま》いコーヒーでも飲みながら、俺にその理由を話してみないか？　あっ、ビールのほうがいいか？」

ちょっとおどけた態度で言われて、思わずクスリと笑ってしまう。

自分を元気づけるつもりなのか。それともそれが颯都式なのかわからないが、おかげで気持ちが少しほぐれた気がした。

「ホッとできる……甘いコーヒーがいい……」

小春の口調が落ち着いたことに、颯都がふっと笑みを零《こぼ》す。

そんな彼を見て、恥ずかしいような、くすぐったい気持ちになった……

（どこだろう、ここ……）

颯都に連れてこられたのは、大きなビルの前だった。

ビールは冗談としても、ホテルのカフェにでも行くのだろうと思っていた小春は、洒落《しゃれ》た外観の建物に面食らう。

エントランスはガラス張りで、どうやら一階の天井は吹き抜けになっているようだ。

どう見ても、カフェには見えない。

「なに突っ立ってんだ。早く来いよ」

慣れた様子で中に入って行く颯都のあとを、慌てて追った。

「ねえ、ここ……」

「俺の住んでるマンション」

「はぁ？」

思わず、素っ頓狂《すっとんきょう》な声が出た。

彼が自動ドアを通ると、その先の磨《すり》ガラスの大きなドアがひとりでに開いた。

手動のはずのドアがいきなり開いて、小春はビクッとする。

思わず足を止めた彼女の前に、黒いスーツに身を包んだ男性が現れた。

「おかえりなさいませ、一之瀬様。本日はお早いお戻りですね」

三十代か、四十代とも取れる落ち着いた雰囲気の男性が、丁寧に声をかけてきた。

「ありがとう。これから打ち合わせなんですよ」

「さようでございましたか。こちらは、お連れ様でございますか」

「はい」

男性は開いたドアを自分の腕と背で押さえ、颯都と小春を通してくれる。

すれ違いざまに小春は男性に会釈《えしゃく》をした。すると、彼もにこりと微笑み会釈を返してくれる。

ホッとしつつ、歩きながらこそっと颯都に尋ねる。

「一之瀬……今の人は？」

「コンシェルジュだ。このマンションの」

小春は思わず言葉を詰まらせてしまった。

コンシェルジュのいるマンションとは、随分と凄いところに住んでいるものだと思う。

エレベーターホールで颯都が呼び出しボタンを押すと、すぐに三基あるうちのひとつの扉が開いた。彼についてエレベーターへ乗り込み、操作パネルに目を向けた。

パネルには二十五階まで表示されている。颯都が押したのは二十階だった。

「随分と高い部屋ね」

「高いってマンションの家賃のことか？　確かに安くはないけど、なんでおまえが知ってんの？」

「ここの家賃なんて知らないわよ」

「ちなみに、おまえのとこの何倍くらい？」

「だから知らないってば。高いって言ったのは、階数のことよっ」

小春がムキになって言い返すと、颯都が楽しそうにクスクス笑う。からかわれているのがわかる分、期待どおりの反応をしてしまった自分に腹が立つ。

「もう少し下でもよかったんだけどな。二十階から上の階になると部屋が４ＬＤＫになるから、二十階にした」

「なにそれ。そんなに部屋数あってどうするの？　一人暮らしよね」

そう言ってしまってから、ハッとする。

彼のプライベートについて、小春はほとんど知らないのだ。

当然のように一人暮らしだと思い、一緒に暮らしている人間がいるかどうなんて、考えたこともなかった。

（もしかして……、誰かと同棲してるとか……）

頭に浮かんだ可能性にドキリとする。思いの外ショックが大きくて、息が苦しくなった。

心臓の鼓動がドキドキと速くなる。息苦しさを感じて、思わずブラウスの胸元を握った。

（もしそうだったら、どうしよう……）

足に重りがついたみたいに重く感じる。

「事務所も兼ねているから、それ用の部屋っていうか。仕事関係に使う部屋がふたつくらい欲しかったんだ」

「え、仕事……」

「そう。あとは、リビングとベッドルーム。それともうひとつ……まあ、予備？　だから別に、４ＬＤＫでも多くはないだろう？」

それを聞いた小春は、内心脱力してしまいそうなほどホッとした。

確かに部屋と事務所を併用するなら、部屋は多いほうがいい。むしろ、それくらい必要だろう。

すっきりした顔で颯都を見ると、ニヤニヤした顔で小春を見てきた。

「安心した？」

こちらの考えなどお見とおしとばかりにそう聞いてくる。

なんだか腹が立ってきて、小春はプイッと横を向いた。

「一之瀬のぜーたくものっ。さすがは〝一之瀬先生〟よね。仕事なんて、やろうと思えばリビングでもどこでもできるじゃない。なんでわざわざ仕事部屋がふたついるの？」

「うん、まあ、そうなんだけど。もうひとつあれば貸したりできるだろ」

「貸すって……同業者に？」

「そんなところかな」

なにか具体的な予定でもあるのだろうか。

外国の人はルームシェアが当たり前なせいか、部屋の貸し借りについてあまり難しく考えない印象がある。颯都も、今は貸す予定がなくても、仕事を続けていればそんなこともあるだろう、くらいの気持ちなのかもしれない。

小春がそんなことを考えていると、エレベーターが二十階に到着した。颯都に続いて小春もエレベーターを降りる。

「そういえば聞いていなかったけど、一之瀬の事務所って、なんて名前なの？」

「社名のことか？」

「うん。気取った名前とか付けてそうだよね、あんた」

「そうでもないぞ。『一之瀬颯都デザイン事務所』だし」

「なに、その愛想のない名前」

「失礼だな。個人デザイナーなんて、大抵こんなもんだろう」

「だからって、せっかくなら『イタリア帰りです』、みたいな、お洒落《しゃれ》な名前を付けようとは思わなかったの？」

「あー、実は正式名称はちゃんと考えてある。ただ、ストレートに名前にしたほうが覚えてもらいやすいじゃん。だから、今は名刺にもこっちしか書いてないんだ」

歩きながら、颯都がジャケットの内ポケットから名刺を取り出す。

人差し指と中指で挟んでくるっと回しながら差し出してきたので、噴き出しそうになった。

「なにかっこつけてんのよ」

「普通だろ？」

彼がイタリア帰りだということを、こういうところでも実感する。

ため息をついて、渡された名刺に目をやった。光沢のある紙に、お洒落《しゃれ》な書体で、一之瀬颯都デザイン事務所と書かれていた。

名刺のデザインは素敵なのに、なんとも社名の印象が硬い。なんとなくこの名前が雰囲気を壊してしまっているような気がした……

眉を寄せる小春に、颯都が苦笑する。

「正式名称を入れた名刺を作ってる。チャペルの完成に合わせて、新しいほうを配りまくるさ」

「ちゃんと考えてますねー、センセー」

「当然だろう？　で、カノの名刺は？」

歩きながら手のひらを向けられ、自分の名刺を要求されているのだと気づく。小春はショルダーバッグに入っている名刺入れから、一枚抜いて颯都に渡した。

「別に普通の名刺だよ」

彼はそれをしげしげと眺め、ふっと口元をほころばせた。

その笑みがとても優しく思えて、思わずその横顔に見惚《みと》れる。すると、名刺を指に挟んだ颯都が、いきなり小春の頭を抱き寄せた。

「え？　きゃっ……なに」

「おまえの〝一言〟すっげー好き」

一言とは、名刺に添えられたメッセージのことだろう。

蘆田デザインのデザイナーは、それぞれ名刺の名前の下にメッセージを入れている。アピールポイントであったり、自分の好きな言葉や座右《ざゆう》の銘《めい》であったり。一人一人違う言葉を入れているのだ。

小春はそこに【人を笑顔にできるコーディネートを】と入れていた。

突然のことに慌てるも、彼の腕はすぐに離れる。

どうやら部屋に到着したらしい。目の前には、高級感を覚えずにはいられない立派なドア。

ドアを開ける颯都の後ろ姿を見ながら、小春は緊張で身体がこわばっていくのを感じる。

ドアの前で立ち尽くしていると、颯都に腕を引っ張られた。

「ほら、入れ」

「ひ、引っ張らないでよ……。それより、なんで打ち合わせ場所が、あんたのマンションなの？」

「打ち合わせでパートナーを自宅へ招くのは、礼儀だろう。ほら。遠慮しないで入れ」

「だから－、ここは日本でしょっ。イタリア式は……」

口では意見するが、颯都が使った『パートナー』という言葉が、小春の心をくすぐる。

「お、おじゃまします」

玄関は広く、天井も高い。自分の声が反響して妙に大きく聞こえた。

長い廊下を進んでいくと、リビングへ繋《つな》がるドアがある。初めて入る颯都の部屋に、期待と緊張が高まっていく。

通されたリビングには、最小限の家具しか置かれていないようだった。だが、ソファーやテーブルは、全て外国製だろう。ソファーは一般的な日本の規格サイズより大きく、デザインも独特だ。

最小限の家具しか置かれていないのに、センスよくまとめられている。

インテリアコーディネーターの目から見ても、これ以上ないくらい完璧な配置といえるだろう。

そしてなにより驚いたのは、ゴミひとつ落ちていないほど綺麗に片づいていることだ。

「ソファーに座ってて。美味《うま》いコーヒー淹《い》れてやるよ」

「え？　あんたが淹れるの？」

「当たり前だろう。俺の部屋だぞ。あっ、カノの部屋に行ったときは、おまえが淹れてくれよ」

小春をソファーの前まで促《うなが》し、そう声をたてて笑う。

キッチンへ向かった颯都の背中に、小春は慌てて反論した。

「私の部屋には、呼ばないからね」

「なんで？」

「狭いし」

「どのくらい？」

「１ＬＤＫ。たぶん、ＬＤＫまとめたってここのリビングより狭いと思う」

「住み心地がいいなら、別に広さとか関係ないだろう。悪いの？」

「悪くないわよ。でも、仕事の資料とか置きっぱなしで……散らかってるし」

「１ＬＤＫなら、上手《うま》くやれば仕事用のスペースとくつろぎスペースを分けられるだろう？　あとはベッドルームって感じか……」

「私の部屋は縦長で、生活空間と仕事空間が繋《つな》がって一緒になってるのよ。廊下もないから、玄関入ったらすぐに部屋だし。一部屋で全部済んでるから、楽といえば楽なんだけど。あっ、さすがに寝るときは、もう一部屋を使ってるわよ……」

ソファーの手触りに感動しつつ、しどろもどろになって部屋の説明をする。

もし呼ぶなら、事前に大掃除をする必要があるのではないか、と考えながら顔を上げると、キッチンに行ったはずの颯都が立ち止まって小春を見ていた。

「カノ……、おまえ……」

「なに？」

「男いないだろ」

「なっ、なんなのよ、いきなりっ」

「いや、男がいたら、部屋が仕事部屋と一緒になってて、いつも散らかってる、……なんてことになってないよな、って」

「うるさーいっ！　大きなお世話よっ。とにかく、散らかってるから招待しません。わかった？」

怒って相手の言葉を遮《さえぎ》り、ソファーに勢いよく腰を下ろす。

次の瞬間、ぱふりっ……と、予想以上に気持ちいい座り心地に驚く。

怒りも忘れる感触だ。

「ごめん、ごめん。悪い男に捕まってなくて安心したよ」

（少しは、そういうの気にしてたりとかしたのかな……）

対面キッチンの向こうで、カップを選んでいる颯都をじっと見つめる。背の高さも、体格も、五年前とあまり変わっていないのに……

なぜだろう。彼の雰囲気が、頼もしくなっているように感じた。

イタリアでの生活は、きっと順調なことばかりではなかっただろう。そうした異国での五年間が、彼を大きな男にしたのかもしれない。

（私は、彼の目にどう映っているんだろう）

少しは成長して映っているのだろうか……

小春は、ぼんやりとそんなことを考えた。

「いつものカノに戻ったところで、そろそろ話せるか？」

「え……？　なにを？」

考えに没頭していた小春は、咄嗟《とっさ》に言われたことを理解できなかった。

「さっき、あんなに怒った理由だよ」

小春はハッとしてわずかに目を瞠《みは》る。

颯都が言っているのは、美波とのことだろう。彼は会社を出るとき、美味《うま》いコーヒーでも飲みながら、俺にその理由を話してみないかと言っていた。

それを実践するように、コーヒーカップを両手に掲《かか》げ、颯都が小春に微笑みかける。安心して話せ……そう言われているような気がして、小春は肩の力を抜き静かに口を開いた。

「勝手に担当を替えられたとか……そういうことで怒ったんじゃないの……。それは、わかってほしい……」

「そのくらいわかってる。安心しろ」

颯都の言葉が、優しく心に響く。

彼がコーヒーを用意する音を聞きながら、小春はぽつりと呟《つぶや》いた。

「……クライアントに、シックハウス症候群の可能性がある娘さんがいるの」

「シックハウス？」

キッチンから聞こえていた音が止まる。颯都は手を止めて、小春の話を聞いていた。

「クライアントの杉本さん家族は、転勤でこっちに引っ越してきたの。でも、会社近くのリフォームしたてのマンションに住み始めてから、娘さんの体調が急に悪くなったんだって。原因不明の風邪に似た症状が続いて、自分の部屋にいると特に咳や鼻水が酷《ひど》くなるらしいの」

「病院は？」

「もちろん行ったらしいけど、ハッキリとした診断は出なかったそうよ。風邪と、環境

の変化からくるアレルギーじゃないかって。引っ越しで精神的に不安定になっていると
ころに、ハウスダスト性のアレルギーが出たんじゃないかとか……」
「もしかして、シックハウスの可能性を疑ったのは、医者じゃなくてカノか？」
颯都の言葉に、こくりとうなずく。
「ヒアリングのとき、杉本さん家族がマンションを移る理由を聞いて、おかしいと思っ
た。……だから、娘さんにじっくりと話を聞いたの。マンションにいて、どんなふうに
具合が悪くなったのか。外や学校にいたときも風邪のような症状はあったのか」
話しながら、小春は少女と話をしたときのことを思い出す。
つたない言葉で一生懸命説明してくれた、小さな女の子。
自分のせいで両親が困るのはイヤだと言っていた。夜中に苦しくて泣いていると、自
分を抱きしめながら母親も泣いてしまうので、もっと悲しくなる。引っ越す前に住んで
いたマンションは古かったけれど、毎日みんな笑って生活していた。
――そんな生活に戻りたい、と……
「リフォーム物件に移った途端の症状と特定の部屋での悪化。逆に、外や学校ではそ
うした症状はなし。そうした点から、シックハウスの症状が娘さんに出たんだと思っ
たの」
真剣に話を聞いてくれている颯都を見て、小春は話を続けた。

「プランニングの前に、その可能性を杉本さんご家族に説明したの。せっかくリフォームしても、また同じような状況にならないために、壁や床材はシックハウスに対応した自然素材のものを提案したわ。カーテンや絨毯《じゅうたん》なんかも、それに合わせてプランニングした。息子さん家族はとても喜んでくれたんだけど……」

「……舅《しゅうと》が渋った……ってところか」

「……化学物質を使用しない自然素材は、安全性とナチュラルさが売りだけど……それ以上の魅力がない。おまけに高価だわ。同じ高いお金を出すなら、豪華で綺麗な造りにしてやりたいっていうのが、お舅さんの希望なのよ。だから、カーテンや絨毯、壁紙のアクセントなんかで変化をつけて、お舅さんの希望に沿えるようなコーディネート案も用意したわ。できる限りのプランニングをして、相手の返答を待っていた」

「なるほど。それを、寺尾女史が舅の希望を前面に出したプランにひっくり返したってことか……。息子も出資者の意見には逆らえなかったんだろう」

颯都が大きなため息をつく。必要としている本人ではなく、出資者の意向が優先されることはよくある。どんな依頼であろうと、それは変わらない。

颯都は納得しつつも、こういったことに詳しい者なら持つであろう疑問を口にした。

「以前の場所でシックハウスの症状が出たからって、次の場所でも同じ症状が出るとは限らない。新建材も多種多様だし、使用する接着剤や塗料によっても反応は違ってくる。

こだわり過ぎることでクライアントに不安を与えることにならないか」

それは、もちろん小春だってわかっている。わかっていても、見過ごすことができなかった。

「でも、起こる可能性はゼロじゃないわ。だったら、その可能性をできるだけゼロに近づける方法を取ってあげたかった！」

「……おまえは、なにをそんなにムキになってるんだ?」

颯都は再び手を動かしながら、そう問いかける。カチャカチャと食器が触れる音や冷蔵庫を開く音が聞こえてくる中、小春は膝に置いた手をグッと握りしめた。

「コーディネーターを選ぶのはクライアントだ。希望するプランニングが提示されなければ、コーディネーターを替える権利がある。その点は寺尾女史の言うとおりだと俺も思う。確かにシックハウスの件は気になるが、やってみて、もしまた同じような症状が出たら対処するって道しかないだろう。息子家族はともかく、舅がおまえの案に納得できていない以上、プランニングを変更するのはコーディネーターの仕事だ」

美波の提示するプランニングでも、少女にシックハウスの症状は出ないかもしれない。

仮に症状が出たとしたら、そのときは舅も真剣に改善策を考えてくれるだろう。

しかし、本当にそれでいいのか……

少女はまた苦しい思いをするかもしれないのに。

「寺尾さんや一之瀬の言うことも、わかる。だけど、なんとかしてあげたかった……。娘さんの辛い気持ちが、凄くよくわかるから……」

「カノ?」

「私……、シックハウス経験者なの……」

ぴたっと物音がやんだ。

颯都の視線を感じたが、小春は顔を上げられなかった。

悔しいのか、情けないのかよくわからない。

ただ、泣きそうになっている顔を見られたくなかった。

「……小四のとき、綺麗な新築マンションの抽選に当たって引っ越した……。両親も弟も凄く喜んでて、私も嬉しかった。けど、それからすぐに具合が悪くなったの。いろんな病院に行ったけど原因はわからなかった。でも、いくつめかの病院で、もしかしたらシックハウス症候群かもしれないって言われて……」

両親は、毎日苦しがって泣いている小春を放っておけなかった。

「父は仕事があるのに、知り合いや不動産屋を歩きまわって、すぐに引っ越せる場所を探し始めた。幸い、引っ越し先は見つかったわ」

父が見つけてくれたのは、アレルギー対策がされたマンションで、自然素材を多く利用しており、シックハウスにも対応しているというのが売りだった。

「私の症状は治まったけど、新築のマンションを喜んでいた両親や弟に申し訳なくて、自分のせいで悩ませて無理をさせていることが辛くて堪《たま》らなかった。私がこんなことにならなければって、毎晩泣いた……」

目の前に颯都の気配を感じ、小春はのろのろと顔を上げた。

彼はマグカップを両手に持ち、穏やかな双眸《そうぼう》で彼女を見下ろしている。

「小四のとき転校してきたのは、その引っ越しのあとのことか」

「うん……」

颯都が差し出してきたカップを受け取る。てっきりコーヒーが入っていると思ったら、マグカップの中身は赤ワインのようだった。

「一之瀬、これ……」

「今は、こっちの気分かな、と思ってさ」

カップに口につけ、「だろ?」とニヤリと笑われる。小春の隣に腰を下ろしてきた颯都に、思わず苦笑が漏《も》れる。

「ヤケ酒でもしろって言うの? ……打ち合わせは?」

「できんのか? そんな気持ちで」

「……ごめん」

確かに無理かもしれない。美波に感じていた憤《いきどお》りは治まったが、まだ気持ちが落ち着かない。

こんな精神状態で、いい仕事ができるはずがない。

項垂《うなだ》れていると、隣から颯都が顔を覗《のぞ》き込んできた。

「今日は、随分と素直に謝るんだな」

「こんなときにまで意地を張ったりしないわよ」

言ってしまってからハッとする。

ここで、「まあね」と言って笑えれば、もう少しかわいげがあっただろうに。

(駄目だな……私)

颯都の前では、いつまでたっても素直になれない。いい大人なのだし、変に意地を張らなくてもいいんじゃないか。そう思っているのに……

マグカップのワインを、一気に喉《のど》へ流し込む。ワインは詳しくないが、どんな立派なパーティーで振る舞われたワインより美味《おい》しく感じた。

「私は、あの子を笑顔にしてあげたかったの……」

「ん？」

「あの子、自分のせいで両親が悩んでいるのを見るのが辛いって泣いていたの。……私には、その気持ちが痛いほどわかる。だから、絶対に笑顔にしてあげようって、決めていたの。でも、その気持ちが強過ぎたのかもしれないわ」

「それでもカノは、クライアントの希望を叶えるために精一杯のことをしたんだろう？」

「力が足りなかったけどね」

精一杯やった。自分で考えられるものを全て出した。コーディネーターとして、クライアントの希望に応《こた》えたいと思っていた。

ソファーにもたれて、ぼんやり天井を眺める。そんな小春に、颯都の真剣な声がかかった。

「このままで、いいのか？」

「え？」

「カノがその子のためにできることは、本当にもうないのか？」

彼は声と同じくらい真剣な表情をしている。自然と小春の背も起き上がった。

「なんだよ『力が足りなかった』って。その子の気持ちが痛いほどわかるって自信があるなら、その子が笑顔になれる方法を誰より考えてやれるのも、カノだろう」

小春はわずかに目を見開く。なにか大切なものが、心に刺さったような気がした。

「担当が替わった。それを理由に、全てを諦めるのか？　その子のために、言葉ひとつ出すことをやめるのか？　カノだからこそできることが、まだあるだろう？」

颯都の眼差しは厳しい。けれどその中に、小春を奮《ふる》い立たせてくれるものを感じる。

とくんとくんと脈打つ胸に、諦めて捨てようとしていたものがよみがえってくる気がした。

あの子の痛みがわかるから、その痛みを取り去る最善の方法もわかる。

ならば、あの子を笑顔にするために尽力するのは、自分の役目ではないか。

——不甲斐なさに息が詰まる。

どうして諦めようとしたのだろう。

担当が替わってプランを覆《くつがえ》されたって、まだ、自分にやれることはあるはずだ。

あの子のために、小春だけにできることが……

「……一之瀬」

「ん？」

小春は強い意思を込めた目で颯都を見る。手を強く握り、口元に笑みを浮かべた。

「私、諦めない。もう一度、寺尾さんと話をしてみる」

「なんて言う？　やっぱり担当を替わってくれって言うか？」

「そんなこと言わない。もう一度お願いするわ。きちんと状況を説明して、クライアントにとって最善の方法を取ってほしいって」

「寺尾女史が、素直にカノの話を聞いてくれるか？」

ちょっとニヤリとして言われ、小春は恥ずかしくなる。美波との一件で喧嘩腰になってしまったことをからかわれているのだろう。

いつもならば、失礼ね、とムキになるところだが、小春は満面の笑みで颯都の腕をパンッと叩く。

「できるって思ったから、一之瀬は私をけしかけたんでしょう?」

「カノ……」

「あんたは、いつもそうだよね。そうやって、私を奮起させてくれる。……一之瀬の言うとおりだよ。あんな状態じゃ、誰かを笑顔にするための仕事なんかできない」

俄然《がぜん》やる気が戻ってきたような気がする。取るべき手段がなくなったわけじゃない。

それを颯都が気づかせてくれた。

「ありがとう、一之瀬。あんたと仕事ができて、本当に嬉しい!」

小春は高まってくる気持ちのまま、颯都への感謝を口にする。

珍しく素直だなと、そんなことを言ってからかわれるかと思ったが、彼はくすぐったそうな笑みを浮かべて小春を見つめた。

そんな顔をされると、小春までくすぐったくなる。

「でもさ、さすがに腐れ縁だけあって、一之瀬は私のことがわかってるよね」

「なんだよ、それ」

「相変わらず仲間思いだな、って。ほら、昔から、友だちが落ちこんでたりすると、元気づけてやる気を出させてくれるようなところがあったじゃない」

そう言った瞬間、颯都の顔から笑みが消える。彼はカップの中身をあおると、眉をひそめてぽつりと呟《つぶや》いた。

「……俺は、まだその枠から出てないわけ……？」

「え？」

なにか悪いことを言ってしまっただろうか。

もしや、こんなにも有名になった彼を、今でも大学時代の友人レベルで扱ってしまったことを不快に思ったのだろうか。

（でも、一之瀬って、そんな了見の狭いやつじゃなかったし……）

すると、小春に目を向けた颯都が、座ったたままにじり寄ってくる。なんだろうかと困惑する小春をよそに、彼の顔が近づいた。

「出してくれよ……その枠から。いい加減に……」

少しイラついたような声とともに、視界いっぱいに颯都の顔が迫る。

驚く間もなく彼の目が閉じて――唇が、重なった。

（え……）

突然のことに固まる小春の唇を、颯都は優しく何度も吸い上げる。

「一之瀬……なに……」

相手の唇が離れた隙に、素早く顔を背ける。すると今度は、ぱくりと耳を食《は》まれた。

「あっ……」

颯都の唇が触れた瞬間、痺《しび》れるような刺激が走る。思わず、ピクッと肩が震えた。

「一之瀬っ……」

颯都を押しのけようとした手を彼に掴《つか》まれ、逆にもう片方の手で腰を引き寄せられた。

「ちょっ……ワインが零《こぼ》れ……」

颯都もカップを持っていたはずなのに、なぜ両手が使えるのだろう。だが、すぐに空《から》のカップが足元に転がっているのに気づいた。

「飲めばいいだろ」

「あんたねぇ……」

「そうすれば、空《あ》いた手で俺を叩けるぞ」

耳元で囁《ささや》かれて、カッと身体が熱を持つ。

からかわれていると感じるのに、その声のトーンはトロリと甘い。

この状況にテンパった小春は、言われるまま持っていたカップのワインを一気にあおった。

しかしカップを空にしたところで、素早くそれを取り上げられる。アッと思ったときには、ポイッと後ろへ放られた。

「なんてことをっ。カップが割れたらどうするの」

「言ったとおりにするなんて、ほんとカノは俺の期待を裏切らないよな」

言葉と同時に、腰を抱いていた手で腕を掴まれる。

「なにそれ……んっ！」

文句を言う間もなく唇をふさがれ、気づけば小春の上半身はソファーの上に倒されていた。

「いち、のせっ……ンッ……」

「しー。黙って」

顔の向きを変えながら、何度も唇を重ねられる。キスと共に小春の制止を封じる言葉は、甘やかすように優しい。

「このまま……されてろ」

鼓動が早鐘を打つ。どうして颯都が、こんなことをするのかわからない。心は動揺しているのに、身体は彼のキスに反応するように体温を上げていった。

下唇を食《は》まれ、チュッと吸われる。反射的に手が出そうになるが、両手を強く押さえつけられているのでなにもできない。

ぴったり重なり合った唇から、颯都の舌が滑りこんできた。歯列を割り、貪《むさぼ》るように舌を絡《から》めてくる。ワインの芳香《ほうこう》が、口腔《こうこう》いっぱいに広がった。

歯茎をなぞられ、小春の縮《ちぢ》こまった舌の根元を押すようにくすぐられる。

まるでこちらを誘うような舌の動きが恥ずかしく、どうしたらいいのかわからない。

颯都は、頬の内側から口蓋《こうがい》までゆっくりと舌先で触れてくる。

「んっ……ふっ、ぁ……」

自然と唇の隙間から甘えた吐息が漏《も》れた。颯都が目を細め、クスリと笑う。

「気持ちいいか？　カノ……」

今のは、そんな反応だったのだろうか。

自分の反応に戸惑い、小春の口からはつい言い訳のような言葉が飛び出た。

「ソ、ソファーが、気持ちいいのよっ！」

「そう。生地《きじ》っていうか、なんていうか。だから……」

「ソファー？」

「ふぅん」

間近から見下ろす彼が、意地悪く笑う。

「気持ちいいのは、ソファーだけ？」

「え……？」

「俺とするキスは？」

「なに言って……」

「俺、ソファー以下？」

「いっ、一之瀬!?　あんた、なんか変だよっ。もしかして、酔っぱらった？」

少なくとも颯都は、小春よりアルコールに強かったはずだ。まさかそんなことはないと思うが、そうじゃなかったらこの状況は一体なんなのだろう。

「カノがあんなこと言うのが悪い。我慢してたのに……」

「我慢って……」

一瞬颯都の声が上ずり、ドキリとする。そこに、欲情した男の姿を見たような気がした。

（どうして……私にそんな感情を持つの……。一之瀬は、私を仲間くらいにしか……友人の一人くらいにしか思ってないんでしょう……）

そう思った矢先、もうひとつの可能性に思い至った。

（もしかして……）

また颯都のキスが落ちてくる。小春は驚きのあまり、ギュッとまぶたを閉じた。

「カノ……」

名前を呼ばれると、なぜかゾクゾクッとおかしな震えが走る。目を閉じているからか、よけいに颯都の視線を感じてしまい恥ずかしさに襲われた。

触れるだけのキスを繰り返されるたび、少しずつ顎《あご》の力が抜けていく。そのせいで縮《ちぢ》こまっていた舌が伸びた。

それを、すかさず颯都の舌にさらわれる。

舌の周りをぐるりと舐《な》め回され、喉《のど》が切なげに鳴った。口蓋《こうがい》を舌で擦《こす》り立てられ、ぞくりとした刺激から逃れようと喉を反《そ》らす。

「はあ……ぁ、あぁっ……」

吐息に、甘ったるい響きを含んだ声が混じる。

その声を聞いた途端、颯都のくちづけが激しくなった。深く唇を合わせて小春の舌を絡《から》め取り、自分の口腔《こうこう》内で強く吸い上げる。

次第に小春の腰の辺りが重くなり、身体から力が抜けた。振りほどかなくてはと思うのに、腕に力が入らない。

身体からこわばりが抜けたことに気づいたのか、颯都の唇が彼女の鼻の頭や頬に優しく触れる。その行為に誘われ、小春はゆっくりまぶたを開いた。

そして、先程もしかしてと気になったことを、おそるおそる問いかける。

「もしかして……、慰《なぐさ》めようとしてる？」

「慰める？」

颯都が怪訝《けげん》な顔をする。わけがわからないと言いたげな彼を見て、小春は言葉に迷った。

「……五年前……みたいに。私が、落ちこんでたから……」

小春の言葉を聞いて、颯都が目を見開く。動きを止め、彼女をじっと見つめた。

まさか彼がこんな反応を見せるとは思わなかった。なにか衝撃を受けたような、無表情にも見えて、どこか悲しそうな表情。

「……そんなふうに、思ってたのか」

胸がぎゅっと締めつけられるように痛くなる。こんなことを聞いてはいけなかったのだろうか。

それでも小春は、答えを聞きたくて颯都の目を見つめた。

「違うの……？」

颯都は黙って小春を見つめている。一瞬唇を結んで辛そうな表情をされて、胸が痛くなった。

だが彼はふっと表情を緩《ゆる》め小春の耳元に唇を近づけた。

「違うに決まってるだろ……」

カアッと頬が熱くなる。ならば……五年前のあの行為が慰《なぐさ》めからきたのではないのなら、その意味は……

「そうやってこだわってるってことは、……五年前のこと、怒ってるのか？」

「ご、五年も前のこと……、いつまでも怒ってるほど暇じゃないわよ……」

颯都の真意がわからなくて、小春は慌てた声を出してしまう。すると、颯都はホッとしたように微笑んだ。

「……よかった」

「『よかった』って、なにがよっ」

「カノが、怒ってなくて……」

「……怒ってたら、どうするつもりだったの？」

「どうしよう？」

「考えておきなさいよ。馬鹿」

「怒ってたらどうしよう、ってことばかりずっと心配してて、怒ってたときの対処法については考えてなかった」

肩をすくめ、おどけたように言う颯都を見て、小春の口元に笑みが浮かぶ。

「……馬鹿」

颯都の唇が再びひたいに触れ、そのまま鼻筋を伝って下りてくる。目の下にキスをされて、思わずまぶたを閉じた。

激しく動揺しつつ、小春はすかさず声を出した。

「い、一之瀬……」

「カノ……」

颯都はなにも言わないまま、小春の腕を撫でる。それだけでゾクゾクとした快感が身体を走り、小春は身を縮めた。

「おまえ、男いた？」

チュッと頬にキスをしながら、颯都が尋ねる。

「な、なんてこと聞いてくるのよっ」

「気になるだろう。つきあった男とかいた？　……葉書だけじゃ、わかんねーし」

「あ、あんたが言ったんでしょうっ。『男いないだろう』って」

「部屋にこないレベルのつきあいの男とか」

「いないわよ……。就職してからずっと仕事ばかりだったし。男の人とつきあう暇なんてなかったもの。自慢じゃないけど、仕事以外で、男の人と二人きりでご飯を食べた経験だって、家族とあんたくらいしかないわよっ」

戸惑うあまり、小春はよけいなことまで口走ってしまう。すると、颯都の口からさらに驚く質問が出た。

「セックスは？」

「……は？」

「俺以外と、した？」

小春は呆然と颯都の顔を見つめる。しかし次の瞬間、思い切り腕を突っ張って相手の身体を押し返した。

「なに恥ずかしいこと聞いてんのよっ。つきあってた男もいないって言ってるのに、そんなことあるわけ……」

思わずバシッと颯都の肩を叩いた。

だが、考えてみれば初めて颯都と身体を重ねたときも、二人はつきあっていたわけではない。

(つきあってなくても、男と寝る。そんな女だと、思われているのだろうか……)

颯都から、そんなふうに思われていたとしたら凄く悲しい。

すると、颯都が嬉しそうに笑った。

「よかった」

その表情と言葉にドキリとする。彼の笑顔は、心から嬉しそうな雰囲気をかもし出していた。

そんな颯都に、小春はますます困惑してしまう。

(これは、どう考えたらいいの……)

「安心した……。カノ、凄く綺麗になってたから、心配した」

ぎゅっと抱きしめられ、ただでさえドキドキとうるさい心臓がさらに大きな鼓動を打つ。

イタリア帰りで、褒《ほ》め上手になっただけ。きっと、深い意味なんてない。そう冷静に思いながらも、彼の言葉を本気にしたくなる自分がいる。

「本当に……よかった……」

抱きしめる腕の強さと彼の声が、小春の鼓動を否《いや》も応《おう》もなく高めていく。

(よかった、って……、なに？　つきあってた人がいないとか、そういうことを喜ばれたら、変な期待をするでしょう……。していいの？)

颯都の言葉と行動は、小春の想像を超えるくらい甘ったるくて理解に苦しむ。

彼がこの言葉を本心で言っているなら……

(そんなはずない……)

小春の気持ちはまとまらない。彼の行動をいいほうに取りたいのに、どうしても否定してしまう。

「なあ？」

「な、なに……」

「俺、カノに認めてもらえるような男になったか……？」

微笑んでいた表情が、真剣みを帯びたものに変わる。真面目な顔で見つめてくる颯都は、その答えを待っているかのようだ。

(認めるって……、なにを……)

急に様子が変わった彼を怪訝《けげん》に思う。小春は先程までの動揺を引きずりつつ、口を開く。

「なに、言ってんの？　一之瀬は昔からみんなに認められてたじゃない？　イタリアでも活躍して、こうして日本に帰ってきたんでしょ……」

「みんな、じゃなくて、俺が聞きたいのは……カノがどう思っているかだ」

「認めてるよ。昔以上に、頼もしくなったと思う。悔しいけど、やることも言うことも凄くしっかりしてて……」

いつもと違う彼の様子に、普段悔しくて言えないことを、おずおずと口にする。

ライバルだからと、強がって意地を張ってみても、どうしたって彼には敵《かな》わないと思ってしまう。

しかし、最後まで言う前に、颯都に唇をふさがれた。

（どうして……）

触れ合った唇から、身体に熱が溜まっていく。彼の唇は、何度も触れては離れを繰り返し、表面を擦《こす》り合わせ下唇を優しく吸う。

薄く開いた隙間から口腔《こうこう》内へ入りこんだ舌が、小春の舌をなぞって優しく誘った。

だんだん気持ちがほんわりとしてくる。キスの心地よさに酔わされ、颯都の手が身体をまさぐり始めたことに気づけなかった。ハッとしたときには、カットソーを捲《めく》り上げられ胸のふくらみが露《あら》わにされている。

「い、一之瀬……っ!?」

「じゃあ、もっと俺のこと、認めて……」

「あ……」

颯都の大きな手が、ブラジャーの上から片方のふくらみを包み込んだ。

長い指が胸の柔らかさを確認するように動いたかと思ったら、手のひら全体で揉み上げられた。

「んっ……アッ……」

普段感じることのない感触と、そこから発生する甘美な刺激に小春の身体がビクリと跳ねる。

どうしたらいいのかわからないまま、小春は必死に上半身をよじった。

「……かわいい反応」

耳元で囁《ささや》かれ、吐息が首筋をくすぐる。首をすくめると、わざわざ颯都がそこに顔を埋《うず》めてきた。

「首、気持ちいい?」

「ちが……、くすぐったい……の……、んっ……」

「こういうときの『くすぐったい』は、感じてる証拠だ」

それを証明するように、小春の首筋に吸いつく。チュッチュッと音を立てて軽く吸いつかれると、小春の唇からこらえきれずに声が出た。

「あっ……あぁっあっ……やぁっ……」

「ほら、気持ちよさそうな声」

「や……やだ……、くすぐっ……あぁっ……」

首を上下に唇で擦《こす》られ、ゾクゾクとした快感が走る。無意識に両脚に力が入り、小春の背が反《そ》った。自然と颯都の手のひらに胸のふくらみを押しつける形になる。

手のひら全体で持ち上げるみたいに胸を鷲掴《わしづか》みにされ、小春はビクッと震えた。

「やぁ……いちの……」

「駄目だ、カノ。そんなかわいい反応ばっかり見せられたら……」

「あ……ああっ……」

「……止まれなくなる」

颯都の声に、一瞬だけ苛立ちが混じる。彼はブラジャーの上から片方のふくらみに唇をつけ、掠《かす》れた声で囁く。

「本気で嫌がられたらやめようと思ってたのに……。もう無理だ……」

布越しに感じる熱い吐息に、小春の身体がじわじわ痺《しび》れていく。

颯都が自分を欲しがっている――そんな気持ちがダイレクトに伝わってきて、小春の胸に抑えきれない喜びが広がった。

だがその半面、不安も広がる。

五年前のことを、颯都は慰《なぐさ》めではないと言った。それなら、なんだったというのだろう。

それに今だって……

彼に求められて嬉しいという気持ちだけで抱かれて、無駄な期待を抱いてしまったら……

また傷ついて悩むのは嫌だ。

「カノ……」

迷う心に、颯都の気遣うような声が入り込む。ビクリと肩を震わせると、彼はチュッと軽いキスをひたいに落とした。

「やめろって言っても、もう駄目だからな」

「でも……」

「あんな気持ち良さそうな声出して、俺で感じている顔を見たら、我慢なんかできないだろう」

「バ……馬鹿っ……」

恥ずかしそうに慌てた小春を見てクスリと笑んだ唇が、今度は彼女のそれに重なる。

唇の上で、甘い吐息が広がった。

「今のカノが、欲しいんだ……」

――小春は、本当に泣きたくなった。

こんなことを言われたら、どうしたらいい。

封印していたはずの恋心が顔を出し、身体を疼《うず》かせる。

「やめろって、言うなよ？」

似たような言葉を、さっき言ったばかり。絶対に小春が欲しい。拒絶されたくない。……そう考えてくれているのだと思うのは、自惚《うぬぼ》れだろうか……

――もう、ダメだ。

心が悲鳴を上げる。

颯都が好きで好きで堪《たま》らなくて、彼を受け入れたいと願う自分が号哭《ごうこく》する。

「言わない……そんなこと」

ふと、五年前にもこんなやり取りがあったことを思い出した。

小春の答えを聞いて安心したのか、颯都が掴《つか》んでいた胸を揉み上げ、その頂《いただき》を指でキュッと摘《つ》まんできた。さらにブラジャーの上から頂を甘噛みする。

「んっ……あ、あっ……」

「感じてるか？」

「……知らなっ……、わかんな……ぃ、ぁあっ、やっ……ぁ」

「じゃあ、教えてやる」

颯都が布越しに強く頂《いただき》を吸い上げた。強弱をつけて吸われていくうちに、唾液が染みてきてくちゅくちゅと音を立てる。

「あっ……ぁ、いちの……せぇっ……んっ……」

上半身がじれったい疼《うず》きでいっぱいになっていく。

そのうち、頂にピリッとした痛みが走った。

「いたっ……は……あ」

しかし、その痛みは、じりじりと甘い余韻をもって小春の身体を疼かせる。

熱い吐息を零《こぼ》しながら下を見ると、颯都が頂に歯を立てていた。

「や、やだぁ……あっ」

次の瞬間、ぐいっとブラジャーのカップが引き下げられ、彼の目の前にぽろんと柔らかなふくらみが零れ出る。

「カノって、ほんと、着やせして見えるのな」

そう言って颯都は、先端をぷっくりとピンク色に色づかせた真っ白な胸をじっと見つめた。

「う……うるさいっ。なに見てんのよ、スケベ」

小春は恥ずかしさのあまり両腕で胸を隠そうとする。しかしそれより早く、颯都の両手でふわりと包み込まれた。

「褒《ほ》めてるんだろう。ほら見てみろ。乳首立ってるだろ。感じてるって証拠だ」

「もう、……なに考えてんのよっ」

恥ずかしさに耐えられず、小春は顔を背ける。だが、敏感になった胸の頂に風を感じて、すぐに顔を戻した。すると颯都《あやと》が今にも触れそうなほど胸に顔を近づけている。

彼の吐息が火照《ほて》り始めた肌を妖しくくすぐり、小春の体温を上げていく。

「い……一之瀬……」

つい、情けない声が出てしまった。

すると、ぱくりとピンク色の突起が彼の唇に吸い込まれる。

「あっ」

彼は頂を口に含み、くちゅくちゅと舌で甘く蹂躙《じゅうりん》する。

「フ……ぁンッ……やぁっ……んっ……」

チュウッと引っ張るように吸われたり、柔らかく甘噛みされて、ピリッとした痛みを含む疼きに襲われた。

反対側の乳首は指で摘《つ》まれ、くにくにと刺激される。かと思ったら、根元を強く挟まれ、キュッとひねられた。

「やっ、やぁん……一之……瀬っ、ダメぇ……あぁぁっ……」

その刺激に耐えられず、小春は腰を悶《もだ》えさせつつ両脚をあてもなく動かす。

痛いような、くすぐったいような快感。

けれどそれは、間違いなく小春の身体を蕩《とろ》かしていった。

両脚のあいだに、ぬるっとした感触を感じる。五年前に一度経験しただけだが、颯都の愛撫で自分が感じているのだと、ハッキリ自覚した。

「感じてるって、わかるだろう？」

そう言いながら、颯都は胸の突起を舌で弾く。そこはすでに快感で硬く立ち上がり、小春が誤魔化す道はないことを見せつけているかのようだった。

「あっ……もぅ……、馬鹿ぁ……ハァっ……」

もう、まともに返事ができない。なにか言おうとしても、全て甘い喘《あえ》ぎ声に変わってしまう。

「一之瀬ぇ……やぁあっ……んっ、ん……」

すっかり颯都に蕩かされてしまい、自分でどうすることもできない。

「カノ……煽《あお》りすぎ……」

しかし、行為に溺《おぼ》れそうになっているのは小春だけではないようだ。

快感に悶える小春の姿に、間違いなく颯都も熱くなっている。

少し上ずった声を出し、彼は小春の脚に手を伸ばした。

力の抜けた脚はだらしなく開き、膝丈のフレアースカートは太腿《ふともも》まで捲《めく》れ上がっていた。

「堪《たま》んない……」

硬く立ち上がった乳首を舌先で舐《な》め弾きながら、颯都は小春の脚を撫で上げる。内腿《うちもも》の際どいところに手が触れて、反射的に脚でその手を挟んでしまった。

「ダ、ダメ……一之瀬……」

「どうして？」

「ど、どうして？　……どうして、って……」

「こんなに感じてるのに、ダメなはずないだろう」

挟んだはずの手はいともたやすく内腿を進み、中央へ到達する。しっかり閉じた秘門を布越しにぐいっと押され、つい内腿の力を抜いてしまった。

「内腿まで濡れてる。……おまえ、もうこの下着で帰れないいんじゃないのか」

「ば、馬鹿っ」

彼の指が、恥ずかしい部分を何度も往復する。強く押されるたびに、くちゅりと秘部がぬかるみ、自分がどれだけ感じてしまっていたかを、イヤというほど実感させられた。

こんなに濡れてしまったのを、颯都に知られたのが恥ずかしい。まだ、二度目だというのに……

「最高……カノ」

「え？」

「俺に触られてこんなに濡れてるんだろ、最高の気分だ」

「っ!!　馬鹿っ。ほんとに馬鹿っ。デリカシーなさ過ぎ……」

「ああ、そうか、わかった」

顔を上げた颯都が、小春の真っ赤に染まった頬にチュッとキスをした。

「そうだよな。こんな場所じゃイヤだよな」

「え？　場所……」

「悪かった。俺もベッドのほうがじっくりおまえに触れていい」

身を起こしてソファーから下りたかと思うと、颯都は素早く小春を抱き上げた。いきなりお姫様抱っこをされて、小春の身体が固まる。

そんな小春を、颯都が妙に艶《つや》っぽい瞳で見つめてくる。

見つめ合ったまま、自然と唇が重なる。唇を離した颯都が耳元で囁《ささや》いた。

「綺麗になったなカノ。俺の知らないおまえを、もっと見せてくれ……」

「口が上手《うま》いよ、一之瀬……」

「言っただろう。感情をストレートに伝えているだけだ」

ストレートに伝える……その言葉が胸に沁《し》みる。

自分も、ストレートに気持ちを伝えられたら……

颯都に求められて嬉しい、触られて凄く感じる。それは、彼が好きだから。

そう、素直に言えたなら……

お姫様抱っこのままベッドルームに連れて行かれる。

部屋の中は、カーテンが開いていた。まだ外は暗くなっていないので、室内の様子がよく見える。

ベッドルームもとても広かった。壁の色はトーンを落としたホワイト。壁に沿った扉はクローゼットだろう。部屋の真ん中に置かれたベッドも凄く大きい。どう見てもダブルサイズはある。

お姫様抱っこの状態で、颯都がベッドに腰掛ける。

「どうして、こんなにベッドが大きいの？」

カットソーを脱がされながら、思わずと言ったように尋ねる。

「大きいほうが、ゆっくり寝られるだろう」

なんでもないことのように答えた彼が、ブラジャーのホックを外し、小春の首筋にキスの雨を降らせる。

「アンッ……そうかもしれないけど……」

「純粋に安眠のためだ。女を引っ張り込む目的じゃないから、安心しろ」

「そんなこと聞いてないしっ」

「嘘だ。気にしたんだろ」

「どこまで自惚《うぬぼ》れてるの」

「じゃあ、気にしろよ……」

外したブラジャーを床に落とし、颯都が鎖骨から胸のふくらみに沿って唇を這《は》わせる。チュッと吸いついてから「あっ」となにか思いついたように顔を上げた。

「引っ張りこんだこと、ある」

「え？」

小春はドキッとして目を見開く。そんな彼女を見て、颯都はしてやったりと言わんばかりにニヤリとした。

「今、カノを引っ張りこんでる」

「え……私……？」

「……ほら。やっぱり気になったんだろ」

その言いように腹が立って、咄嗟《とっさ》に文句を言おうとするが、開いた口からは悩ましい声が漏《も》れるだけだった。

「あっ……、アンッ……」

颯都はすくい上げた胸の頂《いただき》に舌を這わせ、音を立てて吸い上げる。

そして交互に口に含んで舌先で舐《な》め回し、くりくりと押し潰してきた。

「あっ、や……アぁ……、ふぅ……」

小春は颯都の肩に手を置き、与えられる快感に背を引きつらせる。

下手《へた》に身動きをすると彼の膝から落ちてしまいそうだ。

でも、膝の上にのったままというのも気になるところだったりする。颯都はなにも言わないけれど、重いのではないだろうか。

そう思ったら気になってしまい、小春は腰をひねって彼の膝からお尻を落とす。

すると、いきなり颯都に両脚を抱え上げられ身体を後ろへ倒された。

「カノは積極的だな」

「えっ!?　な、なにがっ」

「早くしてほしくて、膝から下りたんだろう?」

「ち、ちがっ……」

慌てて否定する。その間にも颯都は小春の脚にチュッとキスをして、残った服を脱がし始めた。

気づけばスカートを剥《は》ぎ取られ、ショーツをストッキングと一緒に下ろされる。あっという間に裸にされて、恥ずかしさのあまり、小春は身を縮め颯都に背を向けた。

背後でクスッと笑う声がする。

ここまできて往生際《おうじょうぎわ》が悪いと思われたのだろうか。そんなに恥ずかしがる年でもないだろうとか思われているのかもしれない。

でも、恥ずかしいものは恥ずかしいのだ。

一糸まとわぬ姿など誰にでも見せるものではないし、見せている相手は颯都なのだから。

(初めてじゃあるまいし、とか言ったら……、殴ってやるから)

背中を丸め、胸を隠すように自分の腕を抱いた。

背後で衣擦《きぬず》れの音が聞こえてきて、颯都も服を脱いでいるのがわかる。それを意識した途端、小春の緊張が強くなった。

「カノ……」

ぎしりと背後でベッドが沈み、颯都の声がすぐ後ろで聞こえた。

息を呑んでギュッと身をこわばらせる。次の瞬間、上になっている左肩に彼の唇が触れて、身体がびくっと震えた。

「あっ……」

思わず腕を抱いていた両手が離れる。すると、背後から颯都に左胸を掴《つか》まれた。

そのままくにゅくにゅと揉みしだかれる。そのあいだも、彼の唇は小春の肩から首筋を何度もたどり執拗《しつよう》に攻めてきた。

「あっ、ぁ……やぁ……ふぅンッ……」

肩をすくめ、くすぐったいような刺激から逃れようと身体をうつ伏せにする。しかし颯都の手を身体の下に巻き込む形となり、より強く乳房を掴まれることになってしまった。

「やっ、やぁぁ……、そんなに強く……掴まない……でぇ……」

「カノが押しつけるから、もっとしてほしいのかと思った」

「んっ、もぅ……ぁ……ンッ……」

文句を言おうにも、じわじわ広がる刺激で息が乱れて上手《うま》く言葉にできない。

すぐに背後からのしかかられ、ぴったりと密着した彼の素肌を背中全体で感じた。

小春の脚のあいだに硬く筋肉質な颯都の片脚が入ってくる。さらに、脚とは違う硬いこわばりを太腿《ふともも》に感じて、ドキッとした。

押しつぶされた乳房が強く揉みしだかれる。颯都の唇はキスをしながら背中を彷徨《さまよ》い、ときおりきつく吸いついて痕《あと》を残していく。

もう片方の手は小春のボディラインをなぞり、お尻の丸みを撫で回して揉み上げた。

「あっ……や、だぁ……、一之瀬ぇ……あっ、くすぐった……」

「くすぐったい？　お尻、気持ちいいんだ？」

「あっ、や、あぁん……」

お尻のお肉をぐっと掴《つか》まれて揉まれると、痛いようなくすぐったいような感覚を覚える。けれどそれだけではなくて、じわじわとした甘い痺《しび》れが全身に広がっていった。

乳房を揉まれるのとはまた違う感触が、同じくらい気持ちいい。

「……あっ、ぁん……」

体温が上がり、息が乱れる。鼓動は大きくなるばかりで、胸に置かれた手から颯都に伝わっているかと思うと恥ずかしかった。

「一之瀬……手、離して……苦しい……」

自分だけがドキドキしているのを知られたくなくて、小春は乳房を掴む颯都の手に触れる。

しかし彼は、離すどころか指で乳首を摘《つ》まんでひねった。

「んっ……あ、ぁっ……」

「カノ、ほら……」

颯都が上半身を小春の背中に密着させる。

「わかるか？　俺もカノと同じだ」

「同じ……？」

「そう……。凄くドキドキしてるだろ？」

小春は背中に当たる颯都の胸を意識した。トクントクンと、速い鼓動が伝わってくる。

（一之瀬も、ドキドキしてる？）

「私と……同じ？」

「ああ、同じだ」

肩越しに振り向いた小春の唇に、颯都のそれが重なる。薄く開いた目に、艶《つや》っぽく笑う颯都の顔が映った。

「もっと、ドキドキして……カノ……」

「うん……させて……」

雰囲気に呑まれたのか、そんな言葉が口から零《こぼ》れた。

恥ずかしかったが、さらに気持ちが昂《たかぶ》ってきた気がする。

そっと身体を仰向けにされる。だが、全裸の彼を直視することができず、小春は視線を逸《そ》らした。

「カノの肌、凄く綺麗だ」

囁《ささや》く唇が、首筋を伝い無防備に晒《さら》された乳房に吸いつく。

ふくらみを弾くようにキスをして、頂《いただき》を口に含んで舌で転がした。

「んっ……あっ、んァ……ハァ……」

ジンジンとした疼《うず》きがサァっと全身に広がり、小春はじれったさに上半身をくねらせる。

そのあいだにも、颯都の唇は徐々に腹部へ落ちていき、片膝をぐっと横へ押し広げられた。

なんとなく次にくる行為がわかってしまって、小春は無意識に腰を引いてしまう。

そんな小春に構わず、颯都の唇が内腿《うちもも》に触れた。

そのまま、脚の付け根までねっとりと舐《な》め上げられ、花芯の奥がじくじくと疼く。

「ぁ……ンッ、そこ……」

「うん……奥から溢《あふ》れてきてるな」

颯都の舌の動きで、小春が感じている証《あかし》が内腿を濡らしているのをハッキリ感じ、いたたまれない気持ちになった。

「こんなに感じてくれてたんだな。嬉しい……」

もう片方の内腿も同じように舐められ、恥ずかしさで真っ赤になる。

内腿を這《は》う舌に身を震わせていると、いきなり秘部に唇をつけられビクッと腰が跳ねた。

ぬるりとした厚い舌が、渓谷《けいこく》を上下に行き来する。そのたびに、くちゅりくちゅりと淫《みだ》らな水音が聞こえてきた。

「……あ、んっ……やぁ……」

「はぁっ……いっぱい出てくる……」

花芯の中央を舌でグイッと押される。蜜口に埋《うず》められた舌の感触に、小春は咄嗟《とっさ》に両脚を閉じようとした。しかし、脚の間にある颯都の身体に阻《はば》まれる。

くにくにと舌を動かされ、小春の腰が自然と動く。颯都の吐息が秘部全体を熱くした。舌で秘部を攻めながら、彼の両手は腰から太腿《ふともも》を撫で回す。

「ん……んっ、あっぁ……」

蜜口の浅い部分を出たり入ったりしていた舌先が、徐々に奥まで入ってきた。もっと奥まで強く引っ掻いてほしい――そんなうずうずとしたじれったさを感じる。

「いち……のせぇ……、あっ……、あゥンッ……」

じれったいというより、切ないのだ。

刺激が欲しい。この全身を襲う疼《うず》きを収めてくれるような、もっと強い刺激が欲しい。

そう、小春の身体がねだっているのがわかる。

「あぁ……ん、やぁん……」

……けれど、わかっていても、それをハッキリ彼に伝えることができない。

「やぁ……やだぁ……、んっ、ねぇ……」

それは、とても濫《みだ》りがわしい感情で、とてもじゃないが口に出せるはずもなかった。

次第に下半身に溜まっていく重い疼き。それに耐えようと、小春は呼吸を速める。

快感を抑え込むように両手を胸の下でクロスし、自分の身体を抱きしめた。

「あ……っ、ハァっ、あ、あぁっ！」

指が肌に食い込む。喉《のど》を仰《の》け反《ぞ》らし、颯都に与えられる快感に必死に耐えた。

直後、蜜口から外れた舌がその上に潜《ひそ》む突起を弾く。たちまち小春の腰がビクリと跳ね、両脚でシーツを蹴った。

「ひゃっ……やぁ、あぁっ！」

泣きそうな情けない声が口から出る。

それじゃなくても慣れない行為でいっぱいいっぱいなのに、強過ぎる快感にどうしていいのかわからない。

「一之瀬ぇ……」

秘所から顔を上げた颯都が、震える小春の両脚を優しく撫でた。

「そんな泣きそうな顔するな」

強い刺激から解放され、小春は息を乱してぐったりとベッドに沈み込む。

口元を濡らした蜜を舌で舐《な》め取りながら、颯都の身体がずり上がってきた。

扇情的《せんじょうてき》な彼の仕草に、よけいに恥ずかしくなってなにも言えなくなる。

忙《せわ》しない呼吸を繰り返しつつ、彼を見つめた。

「泣く前に言えばいいだろう。してほしいことを感じるままに」

「や、だ……、無理、そんな」

「相変わらず意地っ張りだな。こんなときまで」

颯都の言葉が少しだけ胸に痛い。

素直じゃないのは、颯都に対してだけ。小春自身、そんな自分が歯痒《はがゆ》いのだ。

「俺は、凄くカノが欲しくなってる。触ってみるか？」

そう言って、彼が腰を押し付けてくる。

「馬鹿っ、なに言って……」

颯都に片手を取られ、本当に触らされてしまうかと身構えた。

にわかに慌て始める小春を見て、颯都がクスリと笑う。彼は、彼女の手のひらにキスをしてから、ベッド横にあるサイドテーブルに手を伸ばした。

なにをしているのかと顔を向けようとしたときには、すでに颯都が覆《おお》い被さっていた。

軽く唇が重なり、熱を孕《はら》んで艶《つや》っぽくなった彼の瞳が小春を見つめて笑う。

「じゃあ、身体で感じて……」

言葉の意味を理解してドキリとする。

上半身を起こしてベッドに膝をついた颯都が、小春の両脚を開いて自分の膝にのせる。

その体勢のまま、先程サイドテーブルから取った物のパッケージを開けた。

すぐにそれがコンドームであると気づき、小春はぱっと目を逸《そ》らす。

帰国して間もない颯都の部屋に、コンドームが用意されていたことが気になったが、今はそれを深く考えている場合ではない。

用意が済んだらしい颯都の腰がグッと近づいてくる。さっきまで颯都の舌で充分にほぐされていた部分に、熱い塊《かたまり》があてがわれた。

「いちの……せっ……」

一瞬にして緊張が高まり、助けを求めるように颯都に両腕を伸ばす。彼はすぐに小春の両手を握り、自分の首に抱きつかせた。

「大丈夫だ。優しくする。……たぶん……」

「た……ぶん……って、あぁっ……！」

最後の一言に不安を抱いた瞬間、自分の中に圧倒的な質量のモノが埋《うず》められていくのを感じた。

ぐぐっと入りこんでくるそれは、小春の中を圧迫しながら蜜路を進む。

「あっ……やっ、んんっ、あぁぁっ！」

「……痛いか？」

「い、痛くは、ないけど……、あっ……あ、いっぱい、で……」

思わず口から出てしまった言葉。

自分がパンパンに張り詰めていくように感じた。

「その〝いっぱい〟にしてるの、俺だぞ……。わかってるか？」

「アッ……い、いちの……せぇ……、やぁ……あっ……」

「きつ……少し、手加減してくれ……」

「わ……わかんない……、あぁ、や、やぁぁ……、いっぱいで、苦し……。こわれ、る……」

「まだ早い」

そう言うと同時に、颯都自身がぐっと奥まで挿入された。

「あ、あっ……」

いきなり襲った強烈な充溢感《じゅういつかん》――

小春は反射的に口を開き、声なのか吐息なのかわからない音を漏《も》らす。

「壊れるなら、もっと気持ち良くなってからにしろ」

「……あ……あっ、ダメ……くるし……」

颯都の下半身がぴったりと密着し、奥まで彼で満たされているのがわかる。

隙間がないほど彼でいっぱいになってしまったのではないだろうか。ある意味、自分の中を颯都に支配されたように感じてゾクゾクした。

いっそ、心まで全部、彼に支配されてしまえたらいいのに。

そうすれば、彼に対して意地も張れなくなる。

――素直に、なれる……

じわじわと内側を侵略される感覚に、心が服従しそうになる。

しかし颯都がゆっくりと腰を揺らし始めると、その気持ちが少しずつ変わってきた。

「ん……ん、はぁ、あっ……んっ」

「かわいい声が出てる。どうだ？　苦しくないだろう？」

「ンッはぁ、や……あぁっん……」

自分の中にハッキリと颯都の熱を感じる。揺さぶられるごとに、そこからじわじわとした快感が広がっていく。

中がいっぱいなのは変わらないのに、苦しさより快感のほうが大きくなった。

「んっ……ふぁ、ぁっ……、いちの……せぇ……」

「カノ……」

自分のものとは思えない甘い声を発する唇に、颯都がキスを落とす。

小春の唇を舌でなぞり、下唇を食《は》んで吸い上げる。

キスの気持ち良さに、小春の身体から力が抜けていく。そうしてようやく、両脚に力が入っていたことに気がついた。

小春が意識して脚から力を抜くと、彼もなにか楽になったのかホッと小さく吐息を漏らす。そしてハッキリとした律動《りつどう》を始めた。

それにより、今までじっと熱を伝えてきていた屹立《きつりつ》が、激しく蜜洞を擦《こす》り刺激してくる。

「あっ……んっ、ンッ、あぁんっ……」

彼が動くたびに、全身に感じたことのない熱が広がっていき小春を満たした。

「あんっ、やぁ……あっ、あ……」

「気持ちいいか？」

「あっ……はあ……んっ……」

颯都の愛撫に、与えられる快感に、溺《おぼ》れてしまう。

――気持ちいい、素直にそう言ったら、颯都は喜ぶだろうか……

ぼんやりとそう思って口を開くも、出てくるのは嬌声《きょうせい》だけ。

「ふぅ……んっ、あぁ、壊れ、る、ってばぁ……あぁぁんっ……！」

「またそんなこと言って。壊れるのは早いって言ってるだろう」

「だ、って……あんっ、……なか、が……、いっぱい、で……あぁっ……」

泣いているような声を上げ、颯都の首に回している腕に力を込める。小春に引かれるまま、颯都が身体を近づけた。

「うん？」

「私の、中……いっぱいで……、ンッ……ぁ、うれし……ぃ……」

小春の口から無意識に本心が零《こぼ》れ出た。

その瞬間、ふと颯都の動きが止まる。

朦朧《もうろう》としながら見上げると、彼はなぜか驚いた表情をしていた。

直後、彼は小春の腕を外して身体を起こす。すぐに彼女の脚を両腕に抱えると、ギリギリまで引いた腰を勢いよく突き挿《い》れた。

「あぁ……あっ！　あぁんっ！」

いきなりの強い刺激に、小春の背が反《そ》り返る。両手でシーツを掴《つか》み、全身をくねらせた。

「はっ……そんなこと言われたら……」

「い……いちの……せぇ……、アぁっ……」

「我慢できなくなるっ……！」

先程までと打って変わった激しさで、颯都の腰がリズミカルな抽送《ちゅうそう》を始める。

それは小春に甘い疼《うず》きを与え、全身を快感で包んだ。

「あ……やっ、あぁっ、やぁぁんっ……！」

揺さぶられるごとに揺れ動く乳房を、颯都の手が掴んで揉みしだく。形が変わるくらい強く掴まれ痛みを感じるが、それも徐々に違う感覚へと変わっていく。

「や、やぁっ……、触っちゃ……やっ、あぁっ！」

乳首を摘《つ》まみ、ひねってくる彼の手を咄嗟《とっさ》に掴んだ。

繋《つな》がった部分と、胸に与えられる快感が混じって、身体が壊れてしまいそうだ。

「カノが感じているのが……すごく伝わってくる……。堪《たま》らない……」

颯都の声が、なにかに耐えるような苦しげなものに聞こえる。

胸から離れた彼の手に両手首を掴まれた。その手を、胸を挟むように腹部でまとめられる。

自分の腕で中心に寄せられたふくらみが颯都の抽送に合わせて揺れ動く。

彼に激しく穿《うが》たれ翻弄《ほんろう》される身体が、とても濫《みだ》りがわしく感じた。

「……あぁっ……、ダメッ、ダメぇっ……ンッ……ぁ！」

「俺も、もう駄目かも……」

艶《つや》やかな吐息を零《こぼ》す唇が、嬉しそうに微笑んでいる。

腹部でまとめられていた手に颯都の指が絡《から》んできた。彼はその手をシーツに押さえつけて、小春に覆《おお》い被さってくる。

「──小春」

優しい囁《ささや》きに、小春は目を見開いた。

颯都が下の名前を呼んでくれるのは、あの夜以来だ。

「……小春……小春……」

彼は何度もその名を口にしながら、繰り返し深く自分の熱情を突き挿れる。

まるで颯都という存在を、小春の中に刻み込もうとするかのように。

彼は、何度も深く、熱くうるんだ中を擦《こす》りえぐり、快感のボルテージを上げていく。

「あっ……ダメ……、へん……へんなの……あぁっ、ダメぇっ……！」

冗談ではなく、本当に繋《つな》がった部分から壊れてしまいそうだ。

溜まりに溜まった快感が、放出されたがって全身を圧迫し始めた。

とろりとした蜂蜜のような熱に冒《おか》されて、意識が飛びそうになる。

「小春……いいから。イッて……」

颯都に名前を呼ばれただけで、甘い痺《しび》れが広がる。

もう限界だとばかりに、指を絡められた手をグッと握った。

「も……ダメッ……、あっんん……んぅ……んっ、あぁっ――！」

小春が絶頂の声を上げる。

それと同時に、颯都の腰の動きがより激しくなった。小春の中で暴れる彼の滾《たぎ》りが、一番深いところで熱を発し止まる。

意識を持っていかれそうな白い光に包まれながら、強く抱きしめてくる彼の体温を感じた。

「あ……あ、ハァ……んっ……」

快感の余韻で小春の身体が、ピクンピクンと震える。

「……小春……」

そんな彼女の身体を優しく撫でて、颯都がひたいやまぶたに唇を落とした。

抱き寄せてくれた颯都の腕の中で目を閉じ、小春は幸せな余韻に身を任せた……

第三章

『泊まっていけよ。帰っても一人だろう?』

そんな颯都の言葉を振り切り、小春が自分のマンションへ帰ったのは日付が変わる寸前の時刻だった。

「ただいまぁ」

玄関を開け、無人の室内に声をかける。

郵便物を片手に照明を点《つ》けると、仕事と居住スペースがごっちゃになった相変わらずな部屋。

せめて仕事とくつろぎスペースを分けろと颯都に言われたことを思い出し、小春は苦笑した。

颯都が言うとおり、部屋へ戻ったところで一人だ。外泊しても誰に心配されることもない。

あのまま彼の腕の中で朝を迎えたって、なんの支障もなかった。自分にとっては、きっと幸せな気持ちで目覚めることができただろう。

しかし、あのまま颯都の腕に抱かれて、彼がくれる優しさに触れ続けたら、今までの自分でいられなくなってしまうような気がした。

一流のデザイナーになった颯都と一緒に仕事をしていくためには、それではいけないのだ。

優しくされて、快感に乱されて、弱くなった自分を颯都に幻滅されたくない。

これまでいろいろな面で競い合い、ライバルであった二人。だからこそ、知名度に大きな差はついても、彼と仕事をするに値する、彼が値すると認めてくれた自分でいたかった。

「一之瀬……」

小春は自分の腕を抱いてドアに寄りかかった。

少し意識しただけで、先程までの熱が身体によみがえってくる。

力強い腕と、甘い囁《ささや》き……

(でも、今だけ……。少しだけ、いいよね……)

自分に言い訳をして、小春は目を閉じる。颯都に抱かれた自分を思いながら、ふと、五年前のことを思い出した。

——五年前も今も、彼はどういうつもりで自分を抱いたのだろう。

愛されているように感じた。

そう思うのは、自惚《うぬぼ》れだろうか。

もしかしたらと期待して、それが間違いであったとき、自分はまた傷ついてしまう。

——それが、怖い……

そう警戒しつつも、彼に触れられた感触を思い出し、喜びで胸が熱くなるのだった。


翌朝、昨夜のことに思いを馳《は》せそうになる気持ちを切り替え、小春はオフィスの前で深呼吸をした。

今朝は、出社したらやらなくてはならない大切なことがあるのだ。

元気はいいが、小春はいつもより緊張した面持ちでオフィスへと入った。いつもより少々遅く出社したせいもあるが、美波を始め、課員はほぼそろっている。課員たちの挨拶を耳に入れながら、小春はまっすぐ美波の席へ向かった。

「おはようございます！」

昨日の一件を知っている者たちは思わず息を呑み、晴美などは慌てるあまり勢いよく立ち上がって、目の前にいた沙彩を怯《おび》えさせた。

「寺尾さん」

美波の後ろで立ち止まり声をかけると、ひと呼吸おいて彼女が振り向く。厳しい顔で視線を向けてきた。

しかしその表情は、次の瞬間驚きに変わる。

「昨日は、つい興奮してしまい、失礼な態度を取ってすみませんでした」

小春は、冷静な声で美波に頭を下げた。

「お願いします。数分でいいんです。私の話を、聞いてくれませんか？　私は寺尾さんに、聞いてもらいたい話が……話さなくてはならないことがあるんです」

「……杉本さんのことよね？」

「はい」

昨日とは違う小春の様子に、美波は静かに嘆息した。

「また昨日の繰り返し？　自分のプランじゃないと納得できないとか言うの？」

「違います。……ただどうしても、寺尾さんに伝えたいこと、知っていてもらいたいことがあるんです。お願いします」

小春は再度頭を下げ、美波に頼み込む。

オフィス内が静寂に包まれる。課員たちは固唾《かたず》を呑んで二人を見守った。

すると、美波が手元の資料を抱えて立ち上がった。

「いらっしゃい。ミーティングルームを使いましょう」

小春が頭を上げる。目が合った美波は、しょうがないわねとでも言いたげに苦笑いしている。

「ほら、早く。私、忙しいのよ。加納さんもでしょう？　でも、伝えなくちゃならない話とやらは、手抜きしないでしっかりと話してちょうだい」

「……はい！」

ミーティングルームへ歩き出した美波のあとを、小春は急いでついて行く。途中、心配そうな晴美と目が合ったが、小春は大丈夫だよというように微笑んでみせた。

今の美波なら、真剣に話せばちゃんと受け止めてくれる気がする。

クライアントにシックハウス症候群の可能性を持つ子がいること。そして、自分の経験から知っておいてもらいたいこと。

たとえ、直接の担当ではなくなったって、クライアントのためにできることはあるのだ。

自分にできる精一杯で、あの子を笑顔にする努力をしよう……

そんな気持ちで、美波が先に入ったミーティングルームのドアをくぐる。

「よろしくお願いします」

意を決した小春は、そう口にしてドアを閉めた。

一番笑顔にしたい人に笑ってもらえる、仕事をするために。

その日はずっと、とても穏やかな気持ちで仕事ができたような気がする。

自分が伝えたかったものを、相手が理解してくれたと実感できたときの充実感。満足いく仕事を仕上げたときと似た清々《すがすが》しい気持ちが、小春を満たしていた。

しかし、その平穏な気持ちは、彼の出現により少々乱された。

「よう、カノ、今日の機嫌はどうだ？　まあ、悪かったとしてもすぐに俺が最高の気分で仕事をさせてやるよ」

相変わらずの目立つ登場に、オフィス内からくすくす笑い声が漏《も》れる。

「お迎えよ、小春」

慣れたように晴美が、デスクで固まる小春の肩をポンッと叩いていく。

ハアッと大きな息を吐いた小春を、声の主である颯都がヒョイッと覗《のぞ》きこんできた。

「ん？　ご機嫌斜めか？」

「あんたが来るまでは、凄く良かったわよ」

「じゃあ、俺の顔を見てもう一度良くなれよ」

「なにっ、その強制っ」

文句を口にしてもアハハと軽く笑ってくれる颯都を見て、小春は内心ホッとする。

昨日の今日だ。颯都に会ったら、どんな顔をすればいいかと思っていた。

彼の気持ちもハッキリとわからないまま抱かれてしまった自分に戸惑いつつ、それでも抑えきれなくなった恋心はふくらむばかり。

動揺して颯都の顔も見られなくなるのではないか、と心配していた。

だが、いつもどおりの彼に、そんな戸惑いが小さくなった気がする。

「ちょっと来て」

小春は席を立つと、颯都をオフィスの外へ促《うなが》した。

早足で移動し、ひとけのない階段横の廊下で立ち止まると、小春は颯都と向かい合ってにこりと微笑んだ。

「今朝、寺尾さんと話したの。シックハウスの可能性のことと、私の経験を。伝えたかったことは全部話した」

「どうだった？」

「プランの再検討をしてくれることになったの。もう一度、杉本さんと話をしてくれるって」

美波との話し合いを思い返し、改めてホッとする。小春につられるように颯都も笑顔を見せた。

「よかったな。杉本さんの件もそうだけど、寺尾女史が、ちゃんと話を聞いてくれて」

「うん。すっごく真剣に聞いてくれたの。……シックハウスに関する私の経験の話のときなんて、『実体験に勝る参考資料はないんだから、もっと早くに言いなさい』って注意されたくらい……」

照れ笑いをする小春の頭に颯都の手がのり、くしゃくしゃっと髪をかきまぜる。そんな彼の仕草もまた照れくさい。

「嬉しかった……。あの子のためになにかをできたって思えるのもそうだけど、寺尾さんにわかってもらえて……」

「キツイ人のように見えるけど、彼女は徹底したプロ根性のある人なんだろうな。それゆえに、誤解されやすいパターンだ」

髪を乱した手が、今度はそこを整えるように撫で始める。しっとりと動く颯都の手が気持ち良く、小春は穏やかな気持ちを取り戻していく。

もういいのではないかと思うくらい撫でられ、その手が後頭部で止まったとき、小春は改めて颯都を見た。

彼は、凛々《りり》しい双眸《そうぼう》を優しく和《なご》ませ小春を見つめている。

「いいライバルが近くにいるな。素晴らしいことだ」

その言葉が、胸に沁《し》みる。

ずっと、美波のことをライバルと言われるのがイヤだった。

けれど、今はイヤだと感じない。むしろ、自分の世界観、コーディネートに信念を持ち、それを貫く強さを持った彼女が近くにいることで、小春も刺激を受けていると意識した。

――そして、それに気づかせてくれたのは颯都なのだ。

「ありがとう。一之瀬」

小春が控えめに礼を言うと、颯都がニコリと笑顔を作る。後頭部にあてていた手でグイッと小春を引き寄せ、胸の中に入れて笑い声を上げた。

「凄く綺麗な顔してるな。これから仕事だってのが悔しいくらいだ。いっそ仕事をやめて、俺のマンションにでも行こうか」

「なっ、なに言ってんのよっ、仕事よ、仕事っ。昨日の分も遅れを取り戻すんだからね」

つい昨夜のことを思い出しムキになって反論する。

すると、すぐに颯都の腕が離れ、軽やかに歩き出した。

「わかってるって。――そのすっきりした脳ミソで、最高の仕事を見せてくれ。加納先生」

「もちろん！」

張り切った声を出して、小春も彼のあとを追う。

すっきりしない部分はあるが、それは後回しだ。

今は、彼と仕事がしたい。

誰かを笑顔にするために、自分ができる仕事を。

「チャペルまでの通路は、既存の区間をそのまま利用する。あとは照明を工夫してコストを抑えるつもりだ」

工事中のチャペル内を足早に進みながら、颯都が内装プランを説明していく。

施工前の壁や天井が剥《む》き出しのうえ、建材などがあちこちに積まれているため、まだまだ華やかさには程遠い。

そんな中、説明を続ける颯都の姿は、生き生きとしてとても輝いていた。

（本当にこの仕事が好きなんだな……）

CGでまとめられた完成イメージ図の資料を捲《めく》りながら、小春は眩《まぶ》しげに颯都を見つめる。

小春を連れて会社を出ると、彼はすぐに現場へと引っ張って行き、工事中のチャペルで次々と要点を説明していく。

自分が担当する場所はよく見に来ていたが、その他の場所はこれまでちゃんと見ていなかった。

「この通路は、カノが担当するブライズルームと直結している。部屋から出た新婦が、ブライズルームと通路の雰囲気の違いに驚いて緊張するようなことがないようにしたい。――どう思う？」

問いかけられてハッとする。

颯都は、ブライズルームの雰囲気と通路の雰囲気を合わせたいと考えているのだろう。担当する人間が違う場所だからこそ、空間の雰囲気を統一させる必要がある。そのために、こうして小春を立ち合わせているのかもしれない。

「照明は、どんなものを？」

小春は今まで以上に気を引き締め、前を歩く颯都に問いかける。

「通路の照明はＬＥＤだ。調光が可能だから、目的や状況に応じて雰囲気を調節できる」

「ブライズルームは、蛍光灯を使って柔らかな光を意識しているの。できれば、挙式に向かう部分の通路だけでも光の加減を合わせたい。調光ひとつで、極端に雰囲気が変わってくるから」

即座に切り返してきた小春を満足げに眺め、颯都は小さくうなずく。手に持っていたクリップボードになにかを書き込み、通路の壁を指で示した。

「設計図のイメージＣＧにもあるけど、壁には間隔を開けてクリスタルをはめる。カッティングされたものを使うから、調光で柔らかさは出せる。あとは……」

颯都が言葉を切り、小春を見る。資料とあわせて壁を見ていた小春は、彼の視線に気づいて顔を上げた。

「色温度のあるLEDを追加して、演色性《えんしょくせい》を高めよう。ブライズルームからチャペルに入るまで、主役たちの気持ちが穏やかに盛り上がっていくような、優しくて心躍《おど》る、そんな空間にしたい」

自分が作ろうとしている世界を語る颯都は、思わず見惚《みと》れてしまう程いい顔をする。デザイナーとしての彼に、改めて大きな信頼と尊敬を感じた。

小春はスッと背筋を伸ばし、笑みを浮かべる。

「その空間を作るお手伝いなら、なんでもしますよ」

すると、小春が手にしているクリップボードを、颯都がコンッと叩いた。

「なに言ってる。一緒に作るんだよ」

「え？」

「カノはアシスタントじゃない。一人の信頼すべきコーディネーターだ。俺の仕事とカノの仕事、ふたつを上手《うま》く融合させてひとつの仕事が完成する。俺たちは、パートナーだからな」

小春は目を見開いて颯都を見る。

一之瀬颯都は、間違いなく今後ますます注目されていくデザイナーだ。

そんな彼が、小春をともに空間を作り上げていく人間と認めてくれている。

彼と一緒ならどんなことでもできるような、そんな期待に小春の胸が熱くなった。

微笑んだ颯都は、彼女の肩をポンッと叩く。

「次はラウンジのファサードだ。通路側から見た雰囲気で室内とのコーディネートをイメージしてくれ」

「わかりました。ご一緒します」

小春はやる気に満ちた表情で歩き出す。すると、颯都がクスリと笑った。

「仕事に入ると、素直さに磨きがかかるんだな、カノは」

「その言葉に、なにか意図はある？」

「ないこともない」

仕事中に似つかわしくない流し目と軽いウインクは、昨夜の彼を感じさせる。しかし小春は、甘くなりそうな雰囲気をばっさりと断ち切った。

「仕事中です。その話には乗りませんよ」

「怖いなぁ、加納女史は」

そう言って苦笑いする颯都だが、その表情は嬉しそうにも見える。

今度は小春がクスリと笑い、ちょっと口調を緩《ゆる》めた。

「私のことを、アシスタントじゃないって言ってくれた言葉、凄く嬉しかった。でも、この仕事は一之瀬が受けた仕事だし、私をパートナーだなんて言ったら、クライアントが怒るんじゃない？」

「怒らないさ。かえって喜ぶよ」

「どうして？」

「コーディネーターの加納女史と一緒にやるって宣言したときから、挨拶をしたいから早く会わせろってうるさかったからな」

「クライアントが？」

「まあな。あ～、たぶん、明日あたりまた訪ねて行くと思うから、相手してやってくれ」

「訪ねてって、会社に？　一之瀬も一緒にくるの？」

「俺も行くけど、一緒ではないかな。悪いけど、明日の午後、空《あ》けておいてくれ」

「そんな話、初めて聞いたんですけど？」

「今初めて言ったからな」

颯都は笑いながら、小春の背をポンポンと叩く。なんとも気楽に予定を入れられてしまったが、クライアントが会いにくるというのをイヤだとは言えない。

「わかった。明日の午後ね。……でも、この仕事って、うちの会社から一之瀬に依頼が行ったんでしょう？　クライアントって、もしかして、社長？」

社長がわざわざ会いにくるわけはないにしても、重役の誰かだろうか。

そんなことを考えていると、颯都がサラリと言ってのける。

「カノも、昨日会っただろ。蘆田の社長の娘」

「あ……」

小春は昨日会ったエリカを思い出した。

正体を知ると、昨日気になっていたことが胸を占めていく。小春はさりげなさを装って颯都に尋ねた。

「社長のお嬢様……、なんか、一之瀬と親しそうだったけど、知り合い……とかなの？」

なんとなく聞きかたが探るような雰囲気になってしまった気がする。

しかし颯都は気にする様子もなくサラッと答えた。

「うん、まあ……、家族みたいなもん……」

「家族？」

家族ぐるみのつきあいがあるということだろうか。小春もつきあいは長いつもりだが、同級生としての彼はよく知っていても家族的なつきあいはない。

幼なじみということにしても、そんなつきあいがある相手がいるのは知らなかった。興味から、もう少し聞いてみようかと思ったとき、現場の主任から颯都に声がかかった。

「悪い。ちょっと待ってて」

颯都はそう言って、小春から離れて行った。

（家族みたいなもん、か……）

なんとなく、もやもやしたものが胸に残る。だが、今は仕事中だ。

小春は気持ちを切り替えて、クリップボードの資料を捲《めく》り、思考を仕事に戻した。

翌日の午後。小春は、会社の小ミーティング室で来客を迎えた。

果たして、こんな場所で迎えてよかったのかと、背中に冷や汗が流れる。

「小春さんのコーディネートには、以前から注目していました。ナチュラルでありながら、可憐さと上品さを感じさせる雰囲気がとても素敵。颯都さんが、今回のチャペルの改装で、小春さんをパートナーにすると言ったとき、大賛成しました」

目の前でにこにこ微笑むのは、この会社の社長令嬢、蘆田エリカだ。

彼女は、小春のふたつ下の二十六歳。

五年前に短大を卒業し、語学とデザインの勉強を兼ねてイタリアへ留学していたらしい。

小春が入社したのが五年前であることから、先月帰国したばかりの彼女と会ったことがなかったのも当然だろう。驚くべきことに、彼女が今回のチャペルのリノベーションのクライアントなのだそうだ。

「お褒《ほ》めいただいて光栄です」

「突然訪ねてきたりして、すみません。颯都さんから、小春さんがパートナーと聞いてから、早く会わせてほしいって頼んでいたんですけど、なかなか会わせてくれなくて……」

「じゃあ、もしかして昨日は……」

「はい。小春さんにご挨拶がしたくて、颯都さんに頼んで無理やり同行しました。……トラブルでご挨拶だけになってしまいましたけれど」

「あ……、昨日は、みっともないところをお見せして……」

小春は小さくなって頭を下げる。すると、エリカは首を横に振って、かわいらしく笑った。

「いいえ。仕事に対して真剣にエキサイトできるのは素晴らしいことだと思います。あんなに優しく上品な空間をお造りになる小春さんでも、内面はとても情熱的なのですね」

「きょ、恐縮です……」

そんな手放しに褒《ほ》められると照れてしまう。なんだろう、イタリア帰りという共通点があるせいだろうか、感情をストレートに向けてくれるところが、颯都によく似ているような気がした。

「あの、一之瀬先生に今回の改装を依頼されたのは、昔からのお知り合いだからなんですか？　あの、親しくされているとお伺《うかが》いしたので……」

「ええ。颯都さんとは昔なじみですし、やはり信用のおける方に頼みたかったんです」

（昔なじみ……家族みたいなものって言ってたし、やっぱり、幼なじみ、とか……かな。きょうだいの友だち、って可能性もあるけど……一之瀬にきょうだいはいなかったから……。お嬢様のきょうだいが一之瀬と知り合いなのかも？）

確か役員に社長の息子がいたはずだ。その人物と颯都が知り合いなら、エリカと昔なじみというのもうなずける。

「あのチャペルは、三年前、父が転売物件を買い取ったものです。今回、颯都さんの帰国に合わせて改装をお願いしました。……その、事情があって……」

「事情？」

思わず聞き返してしまってから、よけいなことを聞いてしまっただろうかと思う。それというのも、エリカがわずかに恥ずかしそうな表情を見せたからだ。

「改装後の六月末に、あそこで私の結婚式を挙げる予定なんです」

「え……ご結婚……。そ、そうなんですね、おめでとうございます！」

まさかそんな答えが返ってくるとは思わず、小春は驚いてしまった。

チャペルの完成は六月中旬。実際に稼働するのは六月末と聞いている。そう考えれば、完成後初めての結婚式ということになるのだろう。

「どうしても、あそこで式を挙げたかったんです。思い出の場所なので」

エリカはそう言って幸せそうに頬を染める。

「思い出……」

はにかむエリカをかわいく思いながら、小春は彼女の言葉にドキリとした。

あの場所には、小春も思い出があったから。

つい、思い出の場所を大切にしているエリカに共感せずにはいられない。

「お嬢様の思い出がもっと素敵なものになるように、私も最善を尽くします。そんな素敵な予定があるなんて、今まで以上にやる気が出ました」

「そう言っていただけると嬉しいわ。小春さんのコーディネートイメージは全て見せていただいているけれど、どれも本当に素敵だったもの。特にブライズルームの雰囲気が素晴らしくて。小物ひとつとっても、花嫁に対する細《こま》やかな配慮を感じました」

「ありがとうございます」

自分が提案し作り上げる空間を気に入ってもらえるのは、本当に嬉しい。話してくれる人が笑顔であればなおさらだ。

エリカの話を聞いてふくらみ始めた気持ちは、彼女の笑顔でさらに大きくなる。

小春はテーブルの上に載せていた両手をグッと握り、心の中で気合いを入れた。

「小春さんは、本当に素敵な方ですね」

ふいに声をかけられて顔を向けると、穏やかに微笑むエリカと目が合う。

「……颯都さんが、言っていたとおり……。イタリアにいる頃から、よくあなたの話を聞かされていました」

「一之瀬……先生が？」

ドキリと鼓動が高鳴る。颯都が自分の話をしていた？　それもイタリアにいる頃に。それは、颯都がずっと自分を気にかけてくれていたということだろうか。

（……友人として……？　それとも……）

そんなことを考えていると、ドアをノックする音が響いた。

「失礼。もういいかい？　加納女史に話があるんだけど」

開いたドアから現れたのは颯都だ。

イタリアでの彼の話を聞いて心が揺さぶられていたときに、タイミングのよい登場。思わずドキリとして息が止まった。

彼の姿を見て、エリカが笑顔で立ち上がる。

「あら、せっかく小春さんと楽しくおしゃべりをしていたのに、邪魔が入ってしまったわ」

「それはまた今度ゆっくり、ということで。そのときは、俺も交ぜてくれ」

「女同士の話にですか？」

「ということは男に聞かれたくない話か？　非常に興味深いな」

「そんなこと言って。本当は颯都さんの悪口を言われていないか心配なんでしょう？」

「大当たり」

二人は、軽い口調で会話をし笑い合う。

（なんだろう、これ……）

二人のあいだに、なにか立ち入り難《がた》いものを感じた。

胸に、モヤモヤした不安が湧き上がってきて、首を傾《かし》げる。

すると、そんな心中など知らないエリカが、小春のモヤモヤを吹き飛ばしてしまいそうなほど、にこやかな笑顔で話しかける。

「お仕事の邪魔だと颯都さんに叱《しか》られてしまう前に、私は行きますね。小春さん、チャペルの件、どうぞよろしくお願いします」

「こちらこそ、よろしくお願いいたします。今日は、わざわざお越しいただいて、すみません。でも、お話ができて嬉しかったです」

小春は慌てて立ち上がり頭を下げる。「私も嬉しかったです」と言って退室したエリカを見送ると、ふっと緊張が解けた気がした。

クライアントであるうえ、会社の社長令嬢だ。緊張するのは当然だが、それはどこか清々《すがすが》しさのあるものだった気がする。

颯都と一緒にいるエリカを見てモヤモヤしている場合ではない。なんといっても、小春は今まで以上にやる気に満ちているのだ。

「一之瀬っ」

「ん？」

一緒にエリカを見送っていた颯都が、威勢のいい声を出した彼女を不思議そうに見る。

「なんだ？」と言いながら近寄ってくる彼を、小春は眉間にしわを寄せて見た。

「どうして教えてくれなかったの」

「なにを？」

「お嬢様が、あのチャペルで結婚式をするって」

颯都は「あー……」と言葉を濁《にご》し、ばつが悪そうに苦笑いをする。

「まあ、ちゃんとした挨拶もしていなかったし、そのうちわかることだし……」

「それでもっ、こんな近くにあの場所で笑ってくれる人がいるのに」

「カノ？」

睨《にら》むような目をしたわりに、小春の声は弾み、その口元には笑みが浮かんでいる。

高まる気持ちを抑えきれず、小春は興奮気味に話し続けた。

「ねえ、覚えてる、一之瀬？　昔、あのチャペルで、結婚式を見たことがあったでしょう？」

「ああ、覚えてる」

「私もすっごく心に残ってるの。とっても幸せそうに笑っていた花嫁さん。あんな笑顔を、自分が手がけたチャペルでしてもらえる。それも身近な人に。素敵なことだと思わない？」

エリカは、あのチャペルに思い出があると言っていた。そんな場所で結婚式を挙げたいと願った彼女。

なんて素敵なことなんだろう。

あの場所は、小春にとっても思い出の場所だ。そんな場所を大切に思うエリカの気持ちが、とてもよくわかる。

ぶるりと、武者震いが起こる感覚。小春は両手で握りこぶしを作り、頭と一緒にフルフルッと震わせると、興奮気味に颯都に詰め寄った。

「よしっ、頑張るよ、私っ。絶対にいい仕事をして、お嬢様が感動で泣くくらい素敵な笑顔にしてみせる」

小春の勢いに押されたかのように、一瞬目をぱちくりとさせた颯都だったが、すぐに笑顔で小春の肩をバンバンと叩いた。

「いいぞ、いいぞ。カノは本当にいい顔で仕事をするよな」

「ちょ、ちょっとっ、痛いってばっ、叩くなっ」

「バーカ、力が入るくらい感動してんだ。さすがはカノだ。存分に張り切ってくれ、頼りにしてるぞ。おまえならきっと、最高の仕事をしてくれる」

「もー、持ち上げすぎっ」

颯都にそこまで言われると、さすがに照れる。文句を言いつつもニヤニヤしてしまう小春を見て、颯都もくすくす笑う。

「いや、冗談抜きでさ。頼りにしてるぞ」

「はい！」

穏やかだが力強い颯都の口調は、本当に自分に期待してくれているのだとわかる。

小春の意気揚々《いきようよう》とした返事を聞き、颯都はゆっくりと窓辺に足を進めた。

「カノと仕事ができて、心からよかったと思えるよ」

彼の言葉に感動を覚える。小春はこの気持ちをどう言葉で表そうかと考えつつ口を開いた。

「でも……、冗談抜きで、こんなに気持ちが奮《ふる》い立つ仕事って初めてかも……。一之瀬に感謝だわ……。なんて言っていいか、どう表現したらいいか、考えつかないくらい……。あっ、そうだ、時間も時間だしご飯でも奢《おご》るよ。なにか食べたいものある？」

お手軽な提案だったかなと思いつつ、颯都に目を向ける。

眩《まぶ》しい午後の光に向かって立つ颯都の後ろ姿。いつもより、彼が輝いて見えるのはなぜだろう。

良き仲間であり、良きライバルだった彼。でも彼は、自分よりもずっとずっと大きな人間になったような気がする。

意地を張るのが、馬鹿らしく思うほどに。

「コーヒー」

「え？」

「美味《うま》いコーヒーが飲みたい。カノの部屋で」

「部屋って……」

肩越しに振り向いた颯都の顔を見た瞬間、カッと頬が熱くなる。

ついでに、一昨日《おととい》、次はカノの部屋で……と言っていた言葉を思い出しドギマギしてしまう。

これはどういう意味なのだろうか……

視線を彷徨《さまよ》わせる小春に、颯都がゆっくりと歩み寄ってくる。

「今日は、エリカとの約束で時間を取られて、現場に行く時間がない。だから、コーヒーを飲みながら、次の打ち合わせでもしようぜ」

「打ち合わせって……」

呟《つぶや》いた唇に、いつの間にか目の前に迫った颯都の唇が触れる。

驚いて離れようとしたが、その前に彼の腕が身体に巻きついてきた。

「んっ……」

深いくちづけが、先日の熱をよみがえらせる。

腰の奥をなにかが流れる感触に驚き、身体がびくっと震えた。

「……打ち合わせの……、コーヒーだけ……？」

唇が離れたとき、弱々しく問いかける。離れたばかりのそれがすぐに近づき、触れ合う寸前に颯都の答えが聞こえた。

「──約束、できない……」

艶《つや》めいた彼の瞳が小春を見つめ、唇が甘く奪われる。そこから広がる陶酔感《とうすいかん》に身を任せ、小春はまぶたを閉じて颯都の熱を受け入れるのだった。


自分が住んでいる部屋に不満を持ったことはない。

が、小春は初めて、リビングと仕事部屋は別がいいと思ってしまった。

先日、広くて奇麗な颯都の部屋を見たばかり。颯都の部屋と比べるとどうしても自分の部屋は狭くて乱雑に思える。

(だから、お招きできませんって言ったのに)

そう言いつつも颯都を連れて来てしまったのは自分だ。

なんだかんだと仕事を片づけマンションに帰りついたのは二十時過ぎ。

（女のくせに、と呆れられるかもしれないけど、来ちゃったものはしょうがないのよ……）

やっぱり、こんな場所でコーヒーを飲む気にはならないから、カフェに行こうと提案されるかもしれない。そんなことを考えながら部屋の鍵を開ける。

だが、中に入った颯都の第一声は、実に嬉しそうなものだった。

「ほんっとに男の気配がない部屋だな。改めて安心した」

「な、なんなのよ、それっ‼」

ショルダーバッグをデスクの前に置き、ムキになって振り返る。すると、床に積み上げた資料をヒョイッと飛び越えて、颯都が近づいてきた。

「思ったより散らかってないな。リビングが仕事部屋になってるけど、物はちゃんとまとまってるし綺麗なもんだ」

「それ、褒《ほ》めてんの？」

「もちろん」

颯都の腕が腰に巻きついてくる。そのまま顎《あご》をすくわれそうになって、小春は慌てて彼の胸を両手で押した。

「コーヒー、淹《い》れるから」

「なに怖がってんの」

「怖がってなんかいないわよっ」

颯都の腕からスルリと抜け出し、キッチンへ向かいながらソファーを指さす。

「適当に座ってて」

ドキドキと速くなる鼓動を感じつつ、小春はコーヒーの用意を始めた。来客用のカップを出そうとして、ふと手を止める。

(颯都相手に、なにをそんなに身構えてるんだろ……)

考えてみれば、自分の部屋に男性を入れるのは初めてのことだった。

どんなに取り繕《つくろ》おうとも、小春が緊張していることなど、颯都はきっとお見通しだろう。そう思うと、振り向くこともできない。

「お……お腹すいてない？　簡単なもので良かったら、なんか作ろうか？」

小春は、緊張を紛《まぎ》らわそうとそんな提案をする。

「ん？　すっごく魅力的だけど、残念ながら腹はすいてないな。さっき差し入れのピザ、結構食べたし。カノは腹減った？」

「ううん、私もすいてない。……じゃあ、コーヒー淹れるね」

アハハと笑って誤魔化し、食器棚の奥から来客用のマグカップを取り出した。

「今度作ってくれよ。腹減らしておくから」

「打ち合わせのときにタイミングよくお腹がすいているかなんて、わからないでしょう」

颯都の言葉を笑ってかわし、軽く洗ったカップを布巾《ふきん》で拭《ふ》く。直後、人の気配がしたかと思ったら、背後から抱きしめられた。

「……仕事じゃなきゃ、ここに来ちゃいけないのか？」

颯都の声のトーンが、しっとりとしたものに変わっている。

鼓動の高鳴りとともに、小春は手を止めた。

「別に、いいけど……。仕事仲間だし……」

「それだけ？」

「……一之瀬？」

颯都の様子がやけに甘い。落ち着かなくて身じろぎすると、身体に回された腕に力が入った。同時に首筋に顔を埋《うず》められ、吐息が肌をくすぐる。

「一之瀬……どうし……た……」

「カノを抱きたい」

息を呑み、カアッと身体が熱くなる。

「ストレート過ぎっ。もうちょっとぼかしなさいよ！」

「ぼかしたぞ。それとも、もっとストレートに、セックスしたいって言ったほうがよかったか？」

「な、殴るよっ」

怒っていると伝えるつもりが、声のトーンは弱い。

すると、首筋から顔を上げた颯都に顎《あご》を掴《つか》まれ、彼のほうを向かされた。

「カノは、俺としたくない？」

「なにを……そんなこと、口に出すことじゃ……」

「そうだな。カノは素直じゃないから」

素直じゃない——その一言が、小春の胸にちくりと刺さる。

颯都の顔が近づき、小春は反射的に目を閉じた。

「……あんなもの見せられたら……我慢できるわけないだろう……」

「え？」

なんのことだろうと思って目を開けたときには、唇が重なっていた。くちゅくちゅと舌を絡《から》めるキスをされるうちに、持っていたカップを奪われる。

「ん……コーヒーは……？」

「コーヒーより、カノがいい」

くるりと小春の身体を返し、颯都が正面から抱きしめてきた。

「カノ……」

囁《ささや》かれた声が、皮膚から全身に浸透していく。それだけで、身体から力が抜けてしまった。

キスを繰り返しながら、颯都の手が小春の背を撫でる。そして、もう片方の手は、ヒップの丸みをすくうように撫で上げキュッと掴《つか》んできた。その刺激に、身体が先日の熱を思い出す。

「ふ……ぅん、んっ、やぁ……」

恥ずかしさに身をよじる。颯都の手を外すつもりで腰をひねるが、クスリと彼に笑われた。

「腰の動きがやらしい」

「ばか……、そういうんじゃ……」

「もしかして、もう濡れてる？」

「そんなわけないでしょう！　触られてもいないのに……」

「本当？」

確かめるつもりらしく、颯都がお尻側からスカートを捲《まく》り上げる。

彼のことだ。放っておけば本当に下着の中に手を入れかねない。それどころか、このままここで始めてしまうかも……

それはさすがにイヤだ。

「あの……一之瀬……、寝室、奥だから……」

控えめに口にすると、颯都にキスをされた。

「積極的」

「ち、違うわよっ。こんなところで、とかイヤでしょう。落ち着かなくてっ」

「俺はいいけど？　刺激的で」

「いちのせっ！」

自分でも、ムキになっているのか照れているのかわからない。

こんな小春を、颯都はどう思っているのだろう。

スカートから手を離した颯都が、小春の顎《あご》をすくう。艶《つや》っぽい瞳に見つめられ、そのまま唇が落ちてきた。

「ということは、ベッドの上なら落ち着いてじっくりしてもいい、ってことだな？」

そうやって人の揚げ足ばっかり取る……。

文句を言ってやりたかったのに、開いた口は颯都の唇にふさがれてしまった。

寝室に入ると、窓のカーテンを閉める間もなく押し倒された。

近くに部屋の中を覗《のぞ》ける建物があるわけではないが、ベッドが窓に近い分いろいろ心配になる。

「あっ……や、一之瀬……やぁ……」

正常位で貫かれていた身体を、不意に引っくり返される。うつ伏せにされた状態で腰を高く持ち上げられ四つん這《ば》いにさせられた。

「無理して肘をつかなくてもいいぞ。どうせ落ちるから」

「どうせ、って……あっ、ぅンッ！」

大きな声が出そうになった瞬間、小春は慌てて片手で口を押さえた。背後からお尻のあいだにあてがわれていた熱の塊《かたまり》が、つるりと誘い込まれるように挿入された。

そして、すぐさま颯都が腰を動かし始める。

「ん……ふぁ、あっ、んっ、……んんっ！」

片手で口を押さえていたため、小春は片方の肘だけで上半身を支えていた。だが、颯都が何度も強く腰を押し付けるうちに、上半身が崩れ落ち彼に掴《つか》まれた腰だけを高く突き出す恰好になる。

「やっ……、ハァっ、ぁっ、んっ！」

「カノ、ほら、身体を落としたほうが楽だぞ」

さらに腰を持ち上げられて、咄嗟《とっさ》に両肘をつき腰を下げる。それにより、突き上げてきた颯都自身を深く迎え入れてしまい、奥をぐりっとえぐられた。

「あぁっ……やっぁんっ！」

不意打ちで大きな声が出る。慌てて片手で口を押さえた。

「どうしたんだ、さっきから。バックはイヤか？」

「そうじゃ……なく、て……、あっ、ンッ」

動きを緩《ゆる》めながら、颯都が同じ場所を狙って奥を擦《こす》ってくる。その瞬間、目の前に火花が散ったみたいな衝撃が駆け抜け、小春はガクガクと膝を震わせた。

「だって、見え、そうで……」

「見える？」

「カーテン、閉めてないし……」

颯都の動きが止まる。小春がチラリと顔を向けると、じっと寝室の窓を眺めている颯都が見えた。彼はすぐに視線を戻し、小春を見てハアッと息を吐く。

「わかった」

そう言うや否《いな》や、颯都は口を押さえていた小春の手を掴み、猛然と腰を打ちつけ始めたのだ。

「ひゃっ、ンッ、んっ……やだっ、ああっ！」

驚きまじりの嬌声《きょうせい》が室内に響き渡る。

慌ててもう片方の手で口を押さえようとした小春だったが、その手も取られ、両手を後ろに引かれた状態で激しく揺さぶられた。

「あっ……や、やぁ……、一之瀬……やぁ、んっ……！」

「そんなよけいな心配をする余裕があったなんてな。つまりはあれか？　俺は、おまえを夢中にさせられていないってことだな」

「そ……そんなこと言ってな……い、あっあ、やぁんっ！」

「悔しいなぁ。なにも考えられなくなるくらい、ぐっちゃぐちゃに感じさせてやりたいのに」

「言いかたがやらしいぃっ……。んっ、ん、ダメぇ、……手、手ぇ、離し……あぁっ！」

強く後ろに両手を引かれ、膝立ちになったところを颯都に抱きしめられた。

両手で乳房を揉み上げられながら、激しく揺さぶられる。

「あっ……や、やぁあっ……、一之瀬ぇ……あぁっ！」

不安定に揺れる両手で、背中に密着する颯都の両腿《りょうもも》を掴《つか》む。すると彼は大きく腰を回し、小春の中をかき回した。

「あぁ……あっ、ぁっ」

ビリビリとした感覚に身を震わせ、彼の太腿《ふともも》を掴む手に力が入る。

「カノ、外からは見えないから、安心しろ。せっかくだから、もっと恥ずかしい体位をとってみるか？」

「や、やだっ、ぁんっ、もぅっ……！」

片方の手で乳首を摘《つ》まれ、根元からくにくにと弄《いじ》られる。もう片方の手は下半身へ伸ばされ、二人が繋《つな》がり合った秘裂をくちゅくちゅと擦《こす》られる。

「やっ、やあ、あっ……！」

「こんなにぐちゃぐちゃになってるのに。どうしてそんな、よけいなことばっかり考える余裕があるんだ」

「あ、あっ、ダメッ……そこ、触っちゃ……あぁっ、ダメぇっ！」

逃れようと腰を動かすが、動けば動くほど快感が増していく。それどころか、もっと感じたいと、淫《みだ》らな感情が湧き上がった。

「カノ、気持ちいい？」

「ん……んぁ、あぁっ……」

「教えて」

「や、やぁ、……一之瀬ぇ……」

泣くような声で颯都に顔を向ける。すると顔を近づけた彼が、掠《かす》れた声で囁《ささや》いた。

「舌、出してごらん」

決して命令されているわけではないのに、彼の言葉に従ってしまいたくなる自分を感じてゾクゾクする。

おずおずと舌を出すと、すぐに彼の舌に絡《から》め取られた。そのまま彼の口腔《こうこう》に吸い込まれて舐《な》め回される。ジュジュッと溢《あふ》れる唾液ごと吸われ、小春は切なげに喉《のど》を鳴らした。

「ンッ……ふっ、ぅ、ンッ……」

「もっと感じて……。俺で感じてるカノを、見せて」

胸に手を回されたまま体重をかけられ、再びベッドに上半身を倒される。

「やっ、ぁあっ！」

覆《おお》い被さった彼が、パンパンと叩きつけるように腰を打ちつけてくる。湿った肌がぶつかり合う音と、小春の中から溢れる蜜音が部屋に響き、行為の濫《みだ》りがわしさを意識させた。

思考が快楽に染まり、次第になにも考えられなくなる。

「一之瀬……いち、の、せぇっ……！」

無我夢中で颯都の名を呼び、両手でシーツを握りしめる。

上半身を起こした颯都が、小春の腰を持ち上げ引き寄せながら、彼女を激しく揺さぶった。

「もっと感じて……、素直に感じてるおまえが見たいんだ。――小春……」

「あぁあっ……、一之瀬ぇ……！　ダメッ……ンッ……！」

「小春……」

颯都に名前を呼ばれ、強い快感が全身を駆け巡る。無意識に彼と繋《つな》がる部分に力が入り、夢中になって彼をねだった。

「いちの、せぇ……おねが……い、お願い……ヘンに、なるっ……！」

「イきたい？」

小春はただ必死に首を縦に振った。颯都はすぐに腰の動きを速め、小春の快感を引き上げて絶頂へと導いていく。

「んっ……ふぅっ……！」

大きな声が出そうになった口をシーツに押しつけ、小春はその瞬間に備える。

意識がふわりと軽くなったとき、颯都が最後の仕上げとばかりにぐっと深く腰を打ちつけた。

「ンッ……やぁっ……！　イ、クぅっ……あぁぁっ――――！」

背筋を駆け抜ける快感に合わせて背がしなり顔が上がる。反射的に出てしまった声を抑えることもできず、小春は絶頂感に包まれた。

ガクガクと痙攣《けいれん》した脚が崩れ、腰が落ちていく。

「カノ……」

それに合わせて、颯都も繋がったまま一緒に腰を落としていった。シーツに伸びた彼女を、颯都が後ろから抱きしめる。

名前の呼びかたが戻ってしまったことをちょっと寂しいと思いながら、小春は颯都の腕の中で、快感の余韻に浸《ひた》った。

身を寄せ合いベッドでまどろみ始めた頃。

「そういえば俺、まだコーヒー淹《い》れてもらってない」

颯都が思い出したように口にした。

「淹れようとしたら邪魔したくせに」

小春が皮肉を言うと、颯都は笑って彼女に回した手で頭をポンポンッと叩く。

「カノが煽《あお》るから悪い」

「人のせいにしないでよ」

チラリと颯都を見上げ、小春は彼の顎《あご》の下の皮膚を引っ張った。

あのあと、快感に震えて動けない小春を颯都はずっと抱きしめてくれている。

この体勢は嬉しくもあり気恥ずかしくもあったが、しっかり小春の身体を抱きしめていてくれる颯都を頼もしく感じた。

だからか、小春は快感の余韻から冷めても、ずっと彼に寄りかかっていたのだ。

「コーヒー、淹れようか？　違うもののほうがいい？」

「いや、今はいいや。まだカノと離れたくない」

そう言って、颯都は小春を抱く腕に力を込める。

彼の気持ちをハッキリ聞いていなくても、強く小春を求めてくる態度に、つい自惚《うぬぼ》れてしまいそうになる。

それとも、単に気持ちよく肌を重ねたあとだからそう言ってくれるのだろうか。

けれど、温かく心地よい彼の腕を感じながら、小春は離れたくないと言ってくれた言葉が嬉しかった。

「でも、やっぱりカノが淹れてくれるコーヒーは飲みたい」

「いらないって言ったり、飲みたいって言ったり、どっちなの？　淹れてくる？」

「うん。明日の朝、淹れてくれ」

「朝？」

何気なく問うと、微笑む颯都に見つめられた。その意味に気づき、小春はドキリとする。

（……泊まっていってもいいか、ってこと？）

「い、一之瀬がいいなら、別に……」

「じゃあ、泊まる。部屋に帰っても一人だし。帰ってカノを思い出しながら冷たいベッドに入るくらいなら、ここでカノを抱いていたい」

ギュッと颯都に抱きしめられ、体温が上がる。すっかり彼に心を掴《つか》まれてしまっているのを自覚した。いっそ高まる気持ちのまま、想いを伝えてしまえと囁《ささや》く自分がいるけれど……

「ちょ、ちょっと、苦しいっ。なにっ、いきなり」

「こーやってくっついてたら、カノがもう一回その気になってくれないかと思ってさ」

「な、なにそれ！　もう、しないから」

「なんで。さっきはなんだか、あんまり感じてくれてなかったみたいだし、悔しいからリベンジしたいんだけど」

「え？」

颯都はどうして、小春が感じていないなんて、思ったのだろう。

感じてないどころか、強過ぎる快感でどうしようもなくなっていたというのに。

「声が、少なかっただろう？」

「声？」

「このあいだは結構いい声が出てたと思うんだけど、今日は抑えてただろ。……気持ち良くないのかって、少し心配になった」

「あ……」

そう思われた理由が、すぐに小春の頭に浮かぶ。

すると、小春を抱きしめていた颯都の手がお尻を撫でて、その谷間にするっと指を入れてきた。

「濡れまくってたし、すっごく感じてくれてると思ってたんだけどな。もしかして……声、我慢してた？」

「ちょっと、わざわざ触んなくていいよっ」

颯都の手をぱっぱと払う。

いくら身体を重ねても、こうして触られるのは恥ずかしいのだ。

小春はハアッと息を吐き、渋々と誤解された理由を告げる。

「だって、うち、一之瀬の部屋とは違うから……」

「寝室の広さってことか？」

「そうじゃなくてっ。……あれっ」

小春が指で上を示す。颯都がその指の先を追って天井へ目を向けた。

「一之瀬のところの天井を見て気づいたの。あの部屋、リビングも寝室も、集音防音効果のある天井材を使ってるでしょう。だけど……うちは普通のマンションで、そういった特殊な加工はしてないから。やっぱり、気になって……」

「それで、声を抑えていたのか？」

「うん……」

先日颯都のところで天井を見たとき、お洒落《しゃれ》なデザインだと思いつつも見覚えがあった。

以前、個人のピアノ教室のコーディネートを担当したとき、防音対策としていくつか提案した天井材のひとつだ。

「よくわかったな、カノ。さすが、さすが」

颯都が小春の頭を撫でる。小春はムッとしてその腕を振り払った。

「でも、安心した」

「なにが?」

「ちゃんと感じてたってことだろ?」

「もうっ……馬鹿!」

颯都の言いかたがあまりにもハッキリしていて、小春は恥ずかしくなってしまった。

「よーし。じゃあ今度は、大声出しても大丈夫なところで打ち合わせしような!」

再び颯都がぎゅーっと小春を抱きしめる。無邪気に宣言され、小春は慌ててしまった。

「ちょ、ちょっとぉっ、打ち合わせって仕事じゃないの? それじゃぁっ」

「ボディコミュニケーション?」

「都合良すぎ!」

「仕事のパートナーとは仲良くしないとなぁ」

「仲良くの意味が違うでしょっ」

言い合いをしているうちに、いつの間にか二人で笑い合う。

ハッキリと想いを口にしなくても、颯都とこうしていられるなら、今のままでもいいかもしれない。

小春は、そんなふうに考え始めていた……

それからも、チャペルのリノベーションは順調に進み、六月を迎えた。

商品の納品も全て終わり、内装工事は大詰めを迎えている。

現在は、ガーデンウェディングにも対応するため、庭の整備を急ピッチで進めていた。立木の一本一本まで、デザインされたように美しい庭ができ上がっていく。

放置され、雑草が伸び放題になっていた庭とは思えない仕上がりだ。チャペルの前を通る人も、思わず立ち止まって眺めていく。

そして、二週間後に予定されている完成の際には、式典が執《と》り行われることになっていた。

イタリアで腕を磨いた新進気鋭のデザイナー、一之瀬颯都が帰国後最初に手掛けた仕事のお披露目も兼ねている。

当日はチャペルのリノベーションにかかわった業者他、大手企業やデザイナーなども多数招かれる予定だ。

さらに六月末には、チャペル改装後初の結婚式が行われる。新婦は、この改装の依頼者でもある蘆田デザインの社長令嬢、エリカである。

小春が担当する仕事もだいぶ落ち着き、しばらく手が回っていなかった他の仕事にも手がつけられるようになってきていた。

「ただいま戻りましたー」

クライアントとのヒアリングで外出していた小春は、そう口にしながらオフィスへ入る。

ただいま、とは言うものの、資料の入れ替えをしたら、次はすぐにチャペルへ行かなくてはならない。

デスクの上に鞄《かばん》を置き次の資料を確認していると、目の前で電話の内線が点滅した。内線番号を見ると、美波のデスクからだ。振り向いて見ると、同じく美波が受話器片手に小春のほうを向き、早く出なさいよと言わんばかりに受話器を取るジェスチャーをしている。

少し不思議に思いながら、小春は受話器を取った。

「はい」

『今、杉本さんの奥さんと話をしていたの。ちょうど良かったわ。代わってくれる？』

「え、あの、私がですか？」

『加納さんにお礼が言いたいっておっしゃっているのよ』

「お礼……？」

なぜ自分に……。そう思いつつ、小春は電話を代わる。

杉本家のリフォームに関するコーディネートは、引き続き美波が担当し、先日完成した。彼女は小春の意見を取り入れ、シックハウスの件を舅《しゅうと》にもよく説明したうえで最適なプランを立ててくれたのだった。

「杉本様、ご無沙汰いたしております。加納です」

担当を途中で変更するということがあったせいか、少々声が緊張する。

しかしそのこわばりは、話をしていくうちに解けていった。

杉本家の奥さんは、小春が娘のために心を砕いたことにお礼を言ってくれたのだ。

『加納さんがずっと自分のことを考えていてくれたんだって、あの子も喜んでいます。また加納さんに手紙を出したいと言っているので、受け取ってやってくださいね』

母親の声は、とても嬉しそうだった。その様子だけで、今回のリフォームが良い結果を生んでいるのだということがわかる。

少女が、笑顔で毎日を過ごしていることが伝わってくる……

小春は嬉しさで胸が詰まった。

リフォーム後は少女にシックハウスの症状が出ることもなく、元気に過ごしていると聞かされ、さらに安心した。

「よかったです。安心いたしました。……はい、お嬢様にも、よろしくお伝えください」

娘を笑顔にしてくれてありがとう、と言ってくれた杉本家の母親の言葉に、小春は心からの喜びを感じた。満ち足りた気分で受話器を置き、美波の席まで行く。

「寺尾さん、ありがとうございました」

「別に、私は自分の仕事をしただけよ」

美波はそう言って、くるりと椅子を回して小春に目を向けた。

「……杉本さんの娘さん、異常が出なくてよかったわね」

「はい。寺尾さんが、娘さんの症状を考慮したプランを提案してくれたおかげです。ありがとうございます」

「提案の仕方は違うけれど、加納さんの案も影響しているわ。娘さんのことを大前提にしたあなたのプランは、決して悪くはなかった。最終的に、お舅《しゅうと》さんの気持ちを動かしたのも、娘さんに関するその辺りの話よ。それがなかったら、今の結果にはなっていなかった」

「ありがとうございます！」

美波はプロとして、クライアントに必要だと思ったからこそ、小春のプランを取り入れてくれた。

たとえアプローチの仕方が異なろうとも、クライアントのためを思って仕事をするのは小春も美波も一緒なのだ。

「いい顔しちゃって……。あーあ。やっぱり、一之瀬先生との仕事、私がやりたかったわ」

「え？」

「一之瀬先生って、なんていうか、一緒に仕事をする人間を伸ばしてくれるタイプだと思うのよね。やりがいをくれる、っていうか」

「やりがい……」

その言葉に、小春は颯都と仕事をするようになってからの自分を思う。間違いなく以前よりも忙しい毎日なのに、仕事が楽しいと思うことでとても気力に溢《あふ》れているような気がする。

「そういう人と一緒に仕事をしたいのは当たり前でしょう。輝いている人のそばにいれば自分も輝けるものだし、仕事にも輝きが出るものよ」

小春は、美波をまっすぐ見つめてうなずいた。

「はい。そのとおりだと思います」

その返事は、颯都と一緒に仕事をしている小春にしかわからない自信が含まれていたように思う。

仕事の面だけじゃない。今回のことで美波と認め合えるようになったことを考えても、彼のおかげで心の面まで成長できたような気がした。

小春の態度に、いつもとはどこか違う自信を感じたのだろう。美波は驚いたように目を大きくしたが、すぐにフンッと鼻で笑った。

ただしそれは嫌みなものではなく、力強い励《はげ》ましをくれる笑みだったのだ。

「なら、一之瀬先生の顔に泥を塗らないよう、チャペルの改装を恥ずかしくないものに仕上げることね」

「言われなくてもそのつもりです」

「あーもう。ほんと、あんたには負けたくないわ！」

美波は苛立ったように、ハアーッと大きく息を吐いた。そうして、立ち上がって正面から小春に対峙する。

「あんたがどう思ってるか知らないけど、張り合える人間がいるから、私だって頑張れるのよ。ある意味あんたも、私を伸ばしてくれる人なんだから。自覚持ちなさいよ！」

「寺尾さん……」

美波の意外な言葉に驚き、小春は目を見開く。ちょっと照れくさそうな顔をした美波は、プイッと横を向いて鞄《かばん》を持った。どうやら、これから打ち合わせに向かうらしい。

その後ろ姿に、慌てて声をかける。

「ありがとうございます。私も、負けません！」

チラッと振り返った美波は「言ってくれるじゃないの」と言って晴れやかに笑った。

美波の後ろ姿を見送りながら、颯都が『いいライバルが近くにいる』と言ってくれたことを思い出す。

彼女がプロに徹している人なら、そんな人を唸《うな》らせるプロになりたい。そう、小春は思った。

「ライバルとか競争心って、悪くないね……」

自分のデスクへ戻り、何気なく呟《つぶや》く。すると、隣のデスクで沙彩のプレゼン用の図面をチェックしていた晴美が声をかけてきた。

「ねえ、寺尾さん、どうしたの？　なんだか随分物わかりが良くなってない？　びっくりしたわ」

「ん？　まあ、いろいろあってね」

続けて沙彩も、興味津々《きょうみしんしん》という顔で口を出してくる。

「小春さんにも、競争したい人っているんですか？」

小春はニコリと笑顔で即答する。

「もちろん」

「ふあー、意外ですー。小春さんって、競争とかライバルとか、そういう言葉に縁のない人だと思っていました」

「そう？　そんなに平和な人に見える？」

「見えますよー。常に穏やかに穏やかに、って事を進めそう。あ、でもこのあいだ、寺尾さんと睨《にら》み合ってましたっけ？」

あっけらかんと言う沙彩に、晴美の指導が入った。

「沙彩ちゃん、いつになったらその考えなしの発言が治るのかしら？」

「うーん、そのうち……？」

「ちょっと一発殴っていい？」

もちろん本当に殴ったりはしないだろうが、沙彩は晴美からススッと離れ、小春のそばに移動してきた。

「ちなみにー、小春さんのライバルって、誰ですか？」

「そうねぇ、一之瀬先生」

「わっ、すっごいとこきましたねぇ」

確かに二人の関係を知らなければ、一介のコーディネーターが、ライバル視するには大きすぎる存在だろう。

小春は昔の自分を思い出した。運動でも勉強でも、いつも颯都と競い合ってきた自分。デザインの勉強をし始めて、コーディネーターになって、イタリアで頑張っている颯都に負けないよう、毎日必死に努力した。

颯都に笑われないように。いつでも彼と対等でいられる自分でありたくて……

その気持ちがあったおかげで、今の自分があるのだろう。

「あっ、そういえば……小春さんは一之瀬先生と仕事をしてるし、いろいろお話しされますよね？」

「うん、するけど？」

「じゃあ、小春さんなら知ってるかなぁ。今ですね、ちょっと噂になってることがあるんです」

「なに？」

沙彩は興味津々といった様子で問いかけてくる。

「一之瀬先生がイタリアで女の人と一緒に暮らしてたって、本当ですか？」

「え？」

「それも、この会社のお嬢さんとだって」

咄嗟《とっさ》に小春は言葉が出なかった。

あまりに予想外な話を聞かされて、思考が止まってしまう。

そんな小春に代わって、晴美が沙彩の腕をパンッと叩いた。

「なに、その噂。デマかもしれないのに、話広げちゃ駄目よ！」

「えー、まったくのデマでもないらしいですよ。お嬢さんと一之瀬先生、昔から知り合いらしいですし、イタリアに行った時期も帰ってきた時期も同じで」

頭ごなしに叱《しか》られた沙彩は、口を尖らせて言い訳をする。

「それに、今回のチャペル改装は、会社が買い取った時点で一之瀬先生に話が行ってたみたいですよ。『お嬢さんと一之瀬先生の仲だからしょうがない』って、重役が言ってたって誰かが話してたみたいだし」

「誰かとか、みたいって、なんなのよ、その適当な情報。そんな話、よく小春に聞こうと思ったわね。まったく、間違いだったら、噂の対象が対象だけに、すっごく失礼なことになるのよ。ねえ、小春」

急に話を振られ、小春はハッとした。ワンテンポ遅れて、「そ、そうだね」と同意する。

「私も……、そんな話は聞いてないなぁ。お嬢様と昔なじみっていうのは本当みたいだけど。……イタリアで一緒に住んでたとかは、聞いてないよ……」

なんでもないように話しながら、小春はデスクの上を片づけ始める。

持ち帰りの資料をまとめて、トントンとそろえた。

「それに、お嬢様は六月末に結婚を控えているっていうし。そういう噂話はやめたほうが……」

話しているうちに最悪な予想が頭に浮かんできて、一瞬小春の手が止まってしまう。

「や、やめたほうがいいよ……」

震えそうになる声を抑え、鞄《かばん》に資料を詰める。

腕時計を確認して、精一杯の笑みを浮かべた。

「じゃあ、現場見に行ってくる。今日はいろいろと確認があるから、直帰になるかも」

「うん、わかった」

「いってらっしゃい、小春さん」

二人に見送られて、小春はオフィスを出た。

しばらくは勢いよく歩いていたが、徐々にスピードが落ちていく。ついに、エレベーターホールの手前で、完全に足が止まってしまった。

さっき聞いた話が、頭の中を回っている。さらに思いついてしまった最悪の予想が重なり冷や汗が浮かぶ。

颯都がイタリアへ行った時期と、帰国した時期が、エリカとぴったり重なっているのは、小春も気になっていた。

昔なじみだと聞いていたので、イタリアで交流があってもおかしくないと思っていた。

だが……、一緒に暮らしていたのかもしれない、というのは完全に予想外だった。

たまたま日本を離れていた時期が同じだから、そんな噂が立っただけだ。小春が気にすることではない。

あれはあくまで、噂の話なのだ。

（そう、きっとそう……）

乱れる心を落ち着けようと、小春は自分に言い聞かせる。

この話は、ただの噂なのだと。

なのに、一度不安を覚えた胸の鼓動がどうしても治まってくれない。

ドキドキと速さを増すそれは、イヤな予感ばかりを掻きたてる。

六月末には結婚をするというエリカ。

もしかしたら……その相手は……

颯都なのではないか――

「小春さん？」

そのとき、開いたエレベーターのドアからエリカが姿を現した。

なんというタイミングの良さなのだろう。

彼女を目にした途端、小春の身体が金縛りにあったように動かなくなった。エレベーターに乗ろうにも足が動かず、エリカが笑顔で降りてくるのを見つめることしかできない。

「こんにちは。これから外出ですか？」

「……はい。チャペルに……」

「今日は、颯都さんは一緒ではないのですか？」

「一之瀬先生は、今日は午後からずっとあちらに詰めているんです」

「そうなんですね。いつも小春さんを迎えに来ているようだったから、珍しいこともあるなって思って」

「今日は私が、違う仕事ですぐに動けなかったので……」

エリカと話をしているうちに、エレベーターのドアが閉まる。エレベーターは、そのまま上昇していった。

自分が話しかけたせいで乗り逃がしてしまったのかと、エリカが焦ったようにエレベーターと小春を交互に見る。

大丈夫ですよという意味を込めて笑みを向けると、エリカはホッとして話を続けた。

「チャペルの完成予定まで二週間ですね。昨日見に行きましたが、もうほとんど仕上がっていて感動しました。小春さんは仕事が速いわ」

「一之瀬先生のチェックが速くて厳しいおかげですよ。そのせいで、現場担当の人たちも気を抜いていられないって感じです」

「あら？　颯都さんって、そんなにうるさい人だったかしら」

「いえ、うるさいというより、仕事に熱心なんです。特に今回は思い入れが強いせいか力が入るって言っていました」

「そうね。颯都さんにとっても、とても思い入れのある場所だものね」

何気なく発されたのであろう言葉にドキリとする。

エリカも、知っているのだろうか……

颯都があのチャペルに寄せている想いを。

彼女も、あそこが思い出の場所だと言っていた。

まさかね……

不安に思う気持ちが胸の鼓動を速くさせる。まるで全力疾走をしたあとのように苦しい。

「あの……お嬢様……」

「ずっと気になっていたのですけど、小春さんさえよければ、名前で呼んでくださらない？」

「お名前、ですか……？」

「私を子どもの頃から知っている社員に『お嬢さん』と呼ばれるのはしようがないと思うんです。けど、小春さんには、名前で呼んでもらいたいの。きっと、私があなたを身近に感じているから、そう思うんでしょうね。迷惑かもしれないけれど、もっと親しくなりたいんです」

「迷惑だなんてそんな……。ありがとうございます」

親しくなりたいというのは、相手に興味がある証拠だ。

そう言ってくれる、エリカの気持ちは素直に嬉しい。

「よかった。親しくなりたいなら、ちゃんと本人に言えばいいって颯都さんに言われたんです。小春さんは昔から頼られたら期待に応《こた》えてくれる気さくな人だから、って」

「一之瀬先生が？　そう言っていたんですか？」

「はい。学生の頃から友だち思いだったって。いつも小春さんのいいところを聞かされてばかり。話を聞いているだけで、すっごく近い人のように感じていました」

颯都は一体、どこまで小春のことをエリカに話したのだろう。会ったこともないうちから小春を近くに感じる程。

エリカが、小春を近くに感じるのは、もしや、颯都と親しい女だからではないだろうか。

同級生で、同じインテリアに関する仕事をしていて、イタリアにいるあいだも、ときどき絵葉書のやり取りをしていた仲間だから。

颯都がよくエリカに話をする人間だから……近くに感じるのでは……

「あの……エリカさんも、あのチャペルが思い出の場所だって仰《おっしゃ》っていましたよね」

「ええ」

「……実は私にも、あのチャペルに思い出があるんです……。エリカさんは、どういった思い出があるんですか？」

イヤな予感を取り除いてしまいたくて、小春は思い切ってエリカに尋ねる。

するとエリカは、ふわりと表情をほころばせた。

「好きな人と一緒に、結婚式を見た場所なんです。実は、結婚相手はその人なの」

「そう……なんですか？」

「綺麗な花嫁さんを見て気持ちが盛り上がってしまったのかもしれないけど、そのときに『好きだ』って告白されて。ずっと好きな人だったから、嬉しかったわ。彼のイタリア行きが決まって、私、短大を卒業したらすぐにイタリアへ行きたいって父に頼みこんだの」

結婚相手の話をしているせいか、エリカの口調はとても幸せそうだ。

ふんわりと頬を赤く染め、愛しい人への想いを語る彼女はとてもかわいらしい。

そんな彼女を見つめながら、小春の心はじわじわと冷たくなっていく。

「彼が日本で事務所を構えるのを機に、私も帰国を決めたの。それで、父があのチャペルを買い取っていたのを知っていたから、そこで式を挙げたくて改装案を持ちかけたの」

冷えていく心は、思考まで凍らせていく。

無言になった小春に気づいたのか、エリカが申し訳なさそうにはにかんだ。

「すみません。こういったお話は、美味《おい》しいものでも食べながらするべきでしたね」

「あ……いいえ、そんな。幸せな話は、いつ聞いてもいいものですし……」

「あの、よかったら、チャペルのお仕事が終わったら一緒に食事に行きませんか？　小春さんとは、もっとたくさんお話がしたいわ。……颯都さんのこととか、いろいろ聞きたいし」

最後の言葉にビクリとする。

強烈に襲う、後ろめたさ。

エリカの話には、最悪の予想を裏づける条件がそろいすぎている。

もしかしたら自分は、とんでもないことをしてしまったのではないかという思いが胸に満ちた。

そんな思いに気づくことなく、エリカは明るい声で言う。

「学生時代の颯都さんのお話を聞かせてほしいわ。私には成績優秀で負け知らずだったって威張るんですよ。でも、小春さんもとても優秀だと聞いていたから、実は小春さんに負けないように必死だったんじゃないかって想像しているんです」

彼女はどうやら、自分が知らない学生時代の颯都のことを知りたいらしい。自己嫌悪のような恥ずかしさを感じながら、小春は口を開いた。

「そんなこと……ないですよ。……一之瀬先生は、いつもトップに立っていて、みんなに認められていました。……私なんてそんな……」

動揺しているせいか、話が上手《うま》く続かない。

そんな小春の様子に、エリカがハッとした。

「ごめんなさい。お仕事に行く途中なのに引き止めてしまって。……でも、今度本当に、お食事に行きましょうね」

「はい……ぜひ」

小春は咄嗟《とっさ》にそう返事をしてしまう。

行けば、ずっと颯都の話を聞かされるのだろうか……

あとから思っても、今の状態から逃れるためにはそう答えるしかなかった。

エリカから顔を逸《そ》らし、小春は再びエレベーターの呼び出しボタンを押す。ふとあることを思い出し、エリカを見た。

「あの……エリカさん」

「はい？」

問いかけてしまってから、小春は迷う。

できれば聞きたくない。でも、聞かなければ、気になってもっと辛い……

エリカは小首を傾《かし》げて小春の言葉を待っている。呼びかけてだんまりするのも気まずい気がして、小春は控えめに質問を口にした。

「イタリアにいた頃、一之瀬先生と一緒に暮らしていたって、聞いたんですけど……」

するると、エリカがちょっと恥ずかしそうな顔をする。

「いやだ、颯都さんからお聞きになったんですか？」

「え、あの……」

「一緒に生活していたといっても、ルームシェアなんですけどね。あの頃、颯都さんの保護者ぶりは、父より凄かったわ」

「そう、なんですね」

イタリア行きが決まった彼を追って行ったというエリカ。そして、彼女がイタリアへ行った時期も戻ってきた時期も颯都とまったく同じ。

つまりは、そういうことなのだろう。

足下から崩れそうになる小春の前で、エレベーターのドアが開いた。

「……それじゃあ、失礼します」

震える脚をなんとか動かし、エレベーターに乗りこんだ。

一人になった途端、眩暈《めまい》にも似た脱力感に襲われ、小春は壁に身体を寄りかからせる。

このまま座りこんでしまいたい衝動をこらえ、ぐっと両脚に力を入れた。

唐突に突きつけられた真実は、あまりにも辛すぎる。

「一之瀬が……、エリカさんと……」

——二人は、結婚する。

「一之瀬……どうして……」

呟《つぶや》く声が震える。

結婚するなら、どうして自分を抱いたりなどしたのだろう。

小春は両手で顔を覆《おお》って項垂《うなだ》れる。ふいに嗚咽《おえつ》が漏《も》れそうになり、唇を結んで息を詰めた。

（わからない……）

小春を抱きしめる腕の強さ。見つめてくるときの情熱的な瞳。

まさかとは思いつつも、颯都の言動に期待を覚えずにはいられなかった。

この五年のあいだ、小春が誰かとつきあっていなかったことや、颯都以外に抱かれたことはないと知って、彼はとても喜んでいた。

抱かれるたびに大きな戸惑いは感じても、彼を感じられることが、求められてることが嬉しかった。

しかしエリカとの結婚が真実なら、今まで小春が感じていたそれらの気持ちは、なんだったというのだろう。

そうして、ふと思い出す。

『あのチャペルは、俺にとって思い出の場所なんだ。……絶対に、いい仕事がしたい』

五年ぶりに再会した日、彼はそう言っていた。

腕のいいコーディネーターの目が欲しいと思った、と。

――そう考えた瞬間、笑いが込み上げた。

「なんだ……そうか……」

颯都が求めていたのは、コーディネーターだ……

――そう。欲しかったのは『ビジネスパートナー』であり、『小春』、ではない……

エレベーターが一階に到着し、ドアが開く。

けれど、小春はその場に立ち尽くしたまま、しばらく動くことができなかった。


どんなにショックを受けても、仕事をないがしろにすることはできない。

予定どおりチャペルの現場に入った小春は、先に現場に入っている颯都に挨拶しないまま、自分の仕事を始めた。

ゲストの待合室から専用更衣室を再チェックし、ブライズルームへ移動する。

配置された調度品を見ながら、自分がイメージしたとおりになっているか、空間の雰囲気を確認していく。

部屋の中央から窓辺に移動し、コーナーに置かれたフラワーテーブルを動かした。

（もう少しカーテンの手前へ……）

しかし、思い直して窓の中央へ置いてみる。だが、しっくりこなくて反対側のカーテンの手前へ置いた。いろいろ位置を変えてみるが、結局は最初に置いてあったコーナーへ戻す。

だが、納得がいかず胸の中にモヤモヤしたものが残った。

自分が思い描いていた空間が、できていないように思う。

「どうして……」

こんなことは滅多にないことだった。

いつもなら、思い描いた空間イメージのとおりに、コーディネートしていけるのに。

一体なにが悪いのだろう。なにが、この空間を邪魔しているのだろうか。

家具の配置、調度品の種類、カラートーン、壁と床の調和、カーテンの質感。トータルで完璧なコーディネートをしたはずなのに。

なぜか今、この部屋は幸せな花嫁を迎えるための空間になっていない。そんな気がするのだ。

「カノ、お疲れ。来てたんだな」

開きっぱなしになっていたドアから声がかけられる。

振り向かなくとも、その呼びかたで誰なのかはわかった。小春は声のしたほうへゆっくりと顔を向ける。

「ひと声かけてくれたらよかったのに。いつから来てたんだ？」

笑みを浮かべた颯都が、室内を見回しながら歩み寄ってきた。

「来るのが遅いから、電話しようと思ってたら、現場主任に来てるって言われてさ。『先生、無視されてるんですか？』ってからかわれたんだぞ」

「……ごめん。一之瀬は忙しいかと思って」

気づかれない程度に視線を逸《そ》らし謝る。

「うん。そうだと思ったから、『無視はされてないけど、いい意味で放置されてる』って言っておいた」

「なにそれ」

かすかに表情を緩《ゆる》めた小春に、颯都がにこりと微笑む。

いつもなら、こんな顔をされれば勝手に鼓《こ》動が跳ね上がるのだが、今日はとくりとも動かない。

まるで、心が凍りついてしまったように感じた。

「うん。いい感じに決まったな。カノも、あとは最終チェックくらいだろう？」

「うん、まあ、そうなんだけど……。なんか納得がいかなくて……」

「どこが？」

「どこっていうか……なんか、おかしいの。数日前のチェックではなんとも思わなかったんだけど……」

「特におかしいとは思わない。カノのイメージどおりになっていると思う。フラワーテーブルの位置も、そこでおかしくない」

「……そう？」

するとが、背後から小春の両肩をポンポンと叩く。

「どうした？　チェック詰めで疲れたか？」

「そんなんじゃ……」

「それとも、別の案件でなにかあったか？　いつもの元気がないぞ」

小春はなにも言い返せなかった。

ここに来る前に気持ちを切り替えてきたつもりだったが、仕事に集中できていないのは明らかだ。そのため、上手《うま》くイメージを重ねることができないでいる。

「ごめん……」

情けなさに項垂《うなだ》れると、後ろから回ってきた手が顎《あご》に触れる。クイッと斜め上を向かされ、颯都の顔が近づいてきた。

「すぐに、元気にしてやるよ」

甘い囁《ささや》きにキスを受け入れたくなる。だが、小春の脳裏に、幸せそうに笑っていたエリカの姿が浮かび上がった。

　罪悪感に、ズキリと胸が痛む。

　唇が触れる寸前、身体を反《そ》らして彼の胸を押した。

「やめて。ここをどこだと思ってるのよ」

　拒《こば》まれると思っていなかったであろう彼は、驚いた顔をしている。気まずい空気を取り繕《つくろ》うように、わざと小春はぶっきらぼうに答えた。

「こんなんで、元気が出るわけないでしょう……」

「俺は出るけど？」

「あんたが出してどうするのっ」

　身体を離そうとすると、素早く抱きしめられた。

「ちょ……っと……は、はなして……」

「どうして？」

「どうしてって……」

　凍りついていた胸がズキズキと悲鳴を上げる。

「ヤダよ。カノもお疲れだけど、俺も結構キてるし、癒《いや》されたい。今のダメージは大きいぞ。責任取れ」

「な、なによ、ダメージって」

「キスを拒否られた」

駄々っ子のように唇を尖らせながら、颯都は小春を抱く腕に力を入れる。そして、小春の頭に頬を擦《す》りつけた。

「い、一之瀬……誰か来たら……」

「大丈夫。みんなバンケットルームにかかりきりだ。あっちも最後の詰めだから」

「でも……」

「今ここでカノを抱いてもみんなは気づかないよ」

「なっ。なに言ってんのっ」

ムキになって颯都の身体を両手で押す。しかし彼はビクともしないままさらにギュッと小春を抱きしめてきた。

「カノ、今週末は仕事を入れるなよ。二人でお祝いしよう」

「お祝い？」

「完成式典の前に、二人で初仕事の完成祝いをしよう」

「完成祝い？」

「というのは建前で、ゆっくり食事をしながら、話をしよう。考えてみたら、いつも仕事の話ばかりで、離れていた五年間の話をしてなかっただろう？」

「五年……」

彼がこの五年間、どんな生活をしていたのか。

それはつまり、エリカとなにをしてきたかということか……

否《いや》が応《おう》でもエリカのことを思い出して、呼吸が苦しくなる。

「この仕事が終わったら、おまえに話したいことがあるんだ。週末ゆっくり話をしよう」

小春が返事もしないで黙ってしまったせいか、颯都が不思議そうな声を出す。

「カノ？」

背後から小春の様子を見ようと腕の力を緩《ゆる》めた。その瞬間を利用して、小春は颯都の胸を押し、彼の腕から逃れた。

「わかった。空《あ》けておく」

たとえそこで、ショックな話を聞かされることになろうと……

「今日は、もう帰るわ。……このままやっても、進まなそうだし……」

「具合でも悪いのか？　さっきから、カノらしくない顔してる」

「大丈夫。気分がのらないだけだから。たまにはそんなことだってあるわ」

颯都から顔を逸《そ》らして呟《つぶや》く。すると、彼の手が頬にかかり、顔を戻される。彼の唇が近づいてくるのを見て、小春は思い切りそれを拒《こば》んだ。

「いやっ……」

「どうして？　カノとキスしたくて唇が寂しがってる」

「……ここは、仕事場よ。……花嫁さんを迎える神聖な場所で、なに不謹慎なこと言ってるの」

「不謹慎かな？　したいから『したい』って言っただけなのに？」

「不謹慎よっ」

「……よっぽど機嫌が悪いんだな、今日は」

　ふっと、颯都が苦笑した。

　このブライズルームで颯都がキスをするべき相手は自分じゃない……

「わかった。じゃあ、今日はこれで我慢する」

　そう言って、颯都は親指で小春の唇をなぞった。

　触れられた部分が、じくりと疼《うず》いた。

「じゃあ、行くね」

　小春は颯都の顔を見ないまま、彼から離れる。駆け出したい気持ちをぐっと我慢して、ドアへ向かった。そこで、ふと立ち止まり、小春はドアの手前で振り返る。

「ちょっと、聞いていい？」

「なんだ？」

「個人事務所を日本で、って思ったからには、いくつかの企業がスポンサーについたんだと思うけど。……もしかして、うちの蘆田デザインも？」

「まあ、そうだな……。蘆田の社長には、昔からよくしてもらってる。今回のチャペルの件も全面的に任せてくれたし。それがどうかしたか？」

「ううん、なんとなく聞いてみただけ。……エリカさんと昔なじみだって聞いたし、イタリアにいたとき、一之瀬が保護者的な人だったたって聞いたから」

エリカの名前を聞いた瞬間、颯都の表情が曇る。

小春は、「じゃあ」と言い捨て、彼に背を向けた。

「週末、その話もするから」

颯都の声が聞こえたが、小春は振り返ることなく部屋をあとにした。

そこでようやく、あの部屋に感じた違和感の正体に思い至った。

「私だ……」

あの部屋は、幸せになる花嫁を迎えるべき部屋だ。

月末には、エリカが使用する場所。

その幸せを阻害する自分は、あの場にはふさわしくなかった……

予定よりも早くチャペルを出た小春は、そのまま自分のマンションへ帰った。

ショルダーバッグをソファーに下ろすと、座面に載せていた雑誌が崩れて床に落ちる。

それを拾ってローテーブルへ置こうとしたが、プレゼンに使う立体模型や資料が所狭しと載っていて場所がなかった。

仕方がないので、再びソファーの上に置く。

コーヒーを淹《い》れてひと息つこうと思ったが、その気力が出ない。

これから持ち帰った仕事をするので、ビールを飲むわけにもいかず、小春は冷蔵庫から炭酸水のペットボトルを取り出した。

「仕事部屋とリビングを別に……か」

自分の部屋を見回し、颯都の言葉を思い出す。

仕事の物は多いが、部屋が散らかっている印象はない。

しかし、彼はこの部屋をひと目見て、小春につきあっている男性がいないと見抜いた。

「そうかも……」

小春は力なく笑う。颯都の目は間違ってはいない。この部屋は、〝仕事部屋〟だ。

部屋に入った瞬間、まるでオフィスにやってきたかのような雰囲気を感じる。

女性が生活をしているという、匂い。それがない。

小春はデスクに近づき、パソコンを起《た》ち上げた。デスクの脇には資料が山と積まれている。足元にも、新しいフランスのファブリックカタログやサンプルが積まれていた。

この五年間、ひたすら仕事に明け暮れていた……

それを不満に思ったことはない。辛いことも苦しいことも、たくさんあったけれど、仕事は楽しくやりがいがあった。

デスクの隙間に炭酸水のボトルを置き、小春はパソコンの後ろに置いた葉書ホルダーを手に取る。

中に挟まっているのは、颯都から届いた、十枚の絵葉書だ。

どんなに辛くても、泣くほど悔しいことがあっても、小春が仕事を続けてこられたのは、これがあったからだと思う。

颯都に負けないように。彼に幻滅されない自分でいるために。

誰かを笑顔にする仕事ができるよう、頑張ってきた……

結局のところ、彼の存在が小春の五年間を支えていたのだ。

彼の存在があったからこそ、五年間頑張ってこられた。

――その颯都が、結婚する。

エリカと結婚し、彼はこれからも蘆田デザインから依頼される案件を手掛けていくのだろう。

エリカとの結婚が、颯都にとって有益であることは、誰の目から見ても明らか。

仕事に明け暮れた小春とは違って、颯都の五年間は彼女と同棲し、デザインのスキルを上げて、自分を高めるものだったのだろう。

「私とは、正反対じゃない……」

ぽたりと、葉書ホルダーの上に水滴が落ちる。次々と小春の瞳から涙が零《こぼ》れていった。

「私だけが……一之瀬をずっと想ってたなんて……。馬鹿みたい……」

自嘲《じちょう》する唇が熱い。熱を持ち、じくじくと疼《うず》く。

今も、頭の中には疑問が渦巻いている。

――颯都は、どうして自分を抱いたのだろう……と。

小春に恋人がいなかったことを、自分以外と関係を持っていなかったことを、『よかった』と言った。『心配だった』と、『凄く嬉しい』と言ってくれた。

もうすぐ結婚するというのに、なんて思わせぶりな言葉だろう。

颯都がそんなズルい男だとは思いたくない。

彼の言葉を、向けられた気持ちを、信じたいと思っている自分がいる。

けれど、突きつけられた事実がそれを許さない。

そのとき、ふと、頭にある言葉が浮かんだ。

『いい仕事をしよう、カノ。一緒に』

初日に、彼がかけてくれた言葉。

「……いい……仕事……」

『仕事のパートナーとは仲良くしないとなぁ』

そうか……これは仕事なのだ。

パートナーとして、いい仕事をするために……

「……そうかぁ……」

唇から、小さな笑いが漏《も》れる。相変わらずぽたぽたと零《こぼ》れる涙が葉書ホルダーを濡らしていく。

仕事、だったのだ。

そう考えれば、つじつまが合うのではないか。

そう、全て——

甘い言葉も、絶え間なく与えられた快感も。

「一人で盛り上がって……、馬鹿みたい……」

五年前より、ずっとずっと逞《たくま》しくなった彼。

その分、考えかたも、やることも、小春よりはるかに大人だ。

一流のインテリアデザイナーになった彼は、もう小春と同ラインにはいなかったのだ。

同級生で腐れ縁でライバルで……。ずっと、同じ夢を追ってきた相手。

いつまでも変わらないと思ってきたその優越感にも似た想いが、二人の距離を錯覚させたのかもしれない。

「それでも……私は……」

真実を知ったあとも、小春の心には颯都に対する愛しさしか湧いてこなかった。

脳裏に颯都の姿が浮かぶ。

今の彼。五年前の彼。大学時代、高校、中学と、さかのぼっていく。

小学校四年生のとき初めて会って、すぐに仲良くなった。

あのときから、小春の心にはずっと颯都がいた……

近くにいすぎて、仲良くなりすぎて。常に同じ方向を見ていたばかりに意地を張って、素直になれずにいた。

「どうして……」

どうして、私はもっと早く、彼に対して素直になれなかったのだろう。

ほんの少しでいい。ほんの一瞬でも素直になれていたら。

それこそ五年前、彼に初めて抱かれたとき、素直に気持ちを伝える勇気が持てていたなら……

未来は変わっていたのではないだろうか……

「ずっと……一之瀬が好きだった……。今も……」

伝える相手のいない告白は、静かな部屋の中に消えていく。

小春は葉書ホルダーを胸に抱き、床の上にうずくまった。

自分の心の中に、大好きな颯都の思い出を、全て閉じ込めようとするように……

第四章

「お疲れさまでしたー」

「おつかれー」

グラス同士を触れ合わせた音が、思いの外大きく響いた。

華奢《きゃしゃ》なシャンパングラスが割れてやいないかと、小春ならず颯都までが、慌てて自分のグラスを見る。

グラスに異常はなく、二人は顔を見合わせ笑った。

「勢いつけすぎたな」

「そうだね」

――週末。

小春は約束どおり、颯都とチャペルの完成祝いのため食事にやってきた。

本日、リノベーション作業は全て完了。

新たにチャペルホール・フェリーチェが誕生した。

残るは、一週間後に予定されている完成式典の準備のみだ。しかしそれらは、颯都の仕事であり、アフターフォローを除けば、実質上、小春の仕事は終了した。

「それにしても、すいぶん凄いところを予約してくれたのね」

ちらっと周囲を見ながら、小春はシャンパングラスに口をつける。

「そうか？」

彼が小春を連れて来たのは、高級ホテルのスイートルームだった。

いきなり部屋へ連れて行かれたのには驚いたし、大きなテーブルに所狭しと並べられたイタリアンディナーにも驚いた。

『ゆっくり話をするなら、最初から部屋を取ったほうがいいだろう？　気兼ねなく酒も飲めるし、移動の手間もない』

颯都の言うことも間違いではないが、これはさすがに予想外だった。

さらに、もうひとつ予想外だったのが、颯都の恰好である。

いつもは細身のパンツにTシャツ、ジャケットというラフな恰好をしている彼が、今夜はきっちりとしたスーツを着てきたのだ。

上品なダークグレーのスーツに、アイボリー系の柄入りネクタイ。

スーツ姿を見るのは初めてではないが、そのときとは比べものにならないほど素敵だった。

「綺麗だな」

「は？」

少し目を見開いた小春に、彼はにこりと微笑みかけた。

「今夜のカノ、凄く綺麗だ。もしかして、二人きりの食事を意識してドレスアップしてきてくれた？　そうだとしたら嬉しいな」

「ち……違っ……」

言い返そうとするも、彼の言葉を肯定するかのように頬が熱くなる。

いつもはカットソーやブラウスに、パンツやフレアスカートという機動性を重視している小春だが、今夜はネイビーのフレアスリーブの膝丈ワンピースを着ていた。

袖口や裾にレースがあしらわれた、ハイウエストのAラインワンピース。デザインはかわいらしいが、スカートのドレープは控えめで落ち着いた色味ということもあり、大人っぽい印象のほうが強い。

数年前、フォーマル売場で試着もせずに購入してしまったのだが、購入してから意外と胸元が深く開いていることに気づいた。結局一度も着ることのなかったそれを、今夜初めて着てみたのだ。

「違わないだろう？　それはどう見ても、俺と出かけるのを意識して着てきたとしか思えない」

「あんたねぇ……」

図星を指されて反論の言葉が出てこない。意識したのは、確かなのだ。

シャンパングラスに口をつけチラリと颯都を見ると、彼は勝ち誇った顔で小春を見ている。

ハアッと嘆息し、小春はグラスをテーブルに置いた。

「はいはい認めますよ。ちょっと張り切りました」

「どうして張り切った？」

「一之瀬センセーと違って、異性と二人っきりでお祝いするなんて経験、生まれて初めてなので」

ちょっと皮肉っぽく言って、小春は再びグラスを手に取りシャンパンをあおった。

椅子が動く音がして、颯都が立ち上がった気配がする。見ると、テーブルを回って近づいてくるのが見えた。

小春の横に立った颯都は、彼女の手からグラスを取り上げ、テーブルに置く。

「カノ……」

ドキリとするほど優しい囁《ささや》きに、思わず息を詰める。

すると颯都は、小春の両手を握って両膝をついた。

椅子に座った小春を見上げる彼は、なぜか熱っぽい眼差しを向けてくる。

「俺も、女性と二人きりでお祝いするのは初めてだ」

「嘘……」

「嘘じゃない。どうして疑う？」

「そんなはずない」

「カノ……」

視線を逸《そ》らして口を閉じた小春を見て、颯都はなにかを決心したように手を握り直す。

そうして、彼女の目を覗《のぞ》きこんできた。

「おまえに、話したいことがあるんだ。聞いてくれるか？」

小春の鼓動が大きく跳ね上がった。

話というのは、きっとエリカとのことに違いない。

彼は、彼女とあのチャペルで結婚すると、小春に告げようとしているのだろう。

聞きたくない――

けれど……これは、小春が受け入れなくてはならないことなのだ。

「聞くわ……」

そう返事をして、小春はまっすぐ颯都を見つめる。

そして握られていた手を外すと、颯都の肩に回し身を屈《かが》めた。

「でもそれは……あとにして……」

精一杯の想いを込めた囁きは、颯都に正しく届いたようだ。

彼は両手で小春の頬を挟んで、間近から瞳を覗《のぞ》きこんでくる。

「初めて……、カノから誘われたな」

「……」

顔を傾け、颯都の唇が近づく。

唇が触れる直前になっても、颯都は目を細めたままじっと小春を見つめている。その艶《つや》っぽい視線に囚《とら》われたように、目を閉じることができなかった。

「んっ……」

強弱をつけて唇が吸われる。そのあいだ、小春はただ彼を見つめることしかできない。

「今夜のカノの目、すっごくそそる……。俺を欲しがってくれてるって、自惚《うぬぼ》れてもいいか」

甘い言葉を囁《ささや》かれるたび、様々な思いで胸が苦しくなる。

「一之瀬……」

小春の唇をふさぎ、颯都は夢中で唇を貪《むさぼ》る。頭を引き寄せられ椅子からお尻が浮くと、素早く身体に手が回され、抱き上げられた。

「あっ……」

立ち上がった彼にお姫様抱っこされている。彼はそのままどこかへ歩き始めた。

「い、一之瀬っ、重いから、下ろして」

「重くない。さすがにこの倍くらいあったら重いと思うけど」

「そこまでない……きゃっ」

リビングの中央に置かれた大きなソファーに、ドサッと勢いよく下ろされる。

いきなりのことで、小春は身を縮めて驚いた声を上げた。

「カノ、かーわいい」

クスッと笑いながら、すぐさま颯都が覆《おお》い被さってくる。

深く唇を合わせ、何度も優しく彼女の頭を両手で撫でた。

「んっ……ぁ、まっ、て……」

こうなることを望んだのは自分だが、展開の速さについていけない。するとわずかに
唇を離した颯都が、目と鼻の先で熱く囁いた。

「あんなふうに誘われたら、我慢できるわけがない」

そう言って、グイッとネクタイを緩《ゆる》める。その仕草にドキリとした。

「あっ……一之瀬……」

ワンピースの上から、胸のふくらみを鷲《わし》掴《づか》みされる。同時に鎖骨に強く吸いつかれ、
小春の身体がビクリと跳ねた。

「そんな……強く掴《つか》まないで……。痛い……」

「ごめん……」

颯都は、宥《なだ》めるようにふくらみを撫でる。

「今夜はゆっくり話をしようと思ってきたのに……できないかもしれないな。おまえのせいで」

「……どうして、私のせい？」

「離したくない。話をする余裕があるなら、ずっと抱いていたい……」

（じゃあ、抱いていて……）

心の中で呟《つぶや》く言葉は、小春の本音だ。

エリカとの話を聞きたくない一心で、小春は話を逸《そ》らした。

話をしようとする颯都の気を、違うところに持っていくために彼をねだったのだ。

そんな自分のズルさに、胸が痛くなる。

自身を苛《さいな》む切なさとは違う、大きな罪悪感に押し潰されそうになった。

（ごめんなさい……）

心の中で、小春は何度も何度も謝る。

（ごめんなさい……許して……、これで、終わりにするから……）

それは、幸せそうに微笑むエリカに対しての謝罪。それと同時に、小春は自分自身に言い聞かせていた。

（もう、一之瀬には……会わない。一生かかわらないから……）

彼に抱かれることが、どんなにずるくてモラルに反することかよくわかっている。

だけど……選んだ行為を責める気持ちを必死に抑え込み、小春は颯都を想う自分に正直になろうとした。

(これで……終わりにするから……)

ワンピースの前ボタンが外され、胸が露《あら》わになる。すぐさまブラジャーの肩紐を落としカップからたわわなふくらみを取り出した颯都は、その頂《いただき》を口に含んだ。

「あっ……ん……」

敏感になった突起の周りをねっとりと這《は》う舌の感触。それはたちまち小春の体温を上げ、トロリとした甘い疼《うず》きを身体中に広げていった。

「いちの……せ……ぇ……」

このままずっと抱いていてほしい。そんな思いを胸にうっとりと彼の名を呼ぶ。

彼が欲しいというのは小春の本心だ。

心も身体も、苦しいほど颯都を欲している。

このまま、ずっと……彼が自分だけ見てくれたらいいのにと思ってしまう。

でも、それは叶わないことなのだ。

「そこ……もっと、して……」

消え入りそうな声で呟《つぶや》く。颯都はそれを聞き逃さず、口腔《こうこう》に含んだ胸の突起を舌で上下に激しく弾いた。

「あっ……あっ、ん、やぁっ……」

弾かれる感覚が、どんどん強くなっていく。颯都の舌に弄《いじ》られて、乳首が硬く立ち上がっていくのがわかった。

彼は乳首をチュウッと音を立てて吸い、根元を歯でしごく。

「ンッ、あ、ふぅ……やっ……あぁっ、あっ……」

ピリピリとした甘い刺激に背が反《そ》り返る。ゾクゾクとした刺激がじれったく、思わず両腕で颯都の頭をかき抱く。するともう片方の乳首も同じように指で弾かれ、根元から摘《つ》まみ上げられた。

「んっ……あぅっ、やっぁ、ハァっ……」

「カノ、ほら」

「え……?」

「上、上」

なにを言っているのかわからなくて腕を緩《ゆる》める。すると、胸から顔を上げた颯都が天井を指さしている。

それを追って視線を上げるが、そこにはスイートルームのお洒落《しゃれ》な天井があるだけ。

しかし、すぐにその意味に気づいて、わずかに眉を寄せた。

「俺のマンションとは違うタイプだけど、防音効果のある天井と壁だから、安心して声を出せ」

「もっ、もう、いきなり、なにっ」

「前に声を気にしてただろう？　それに、次は声をたくさん出せるところでしようって約束しただろう」

「そりゃあ、言ってたけど……」

戸惑う小春の反応を見てニヤリと笑った颯都は、上半身を起こしスーツの上着を脱ぎ捨てた。さらにネクタイとシャツも次々と脱いで、小春の両脚を開きそのあいだに身体を入れる。

「きゃっ……、い、一之瀬っ」

「……音が漏《も》れる心配はないから、遠慮しないで声を出せ」

片脚をソファーの背にかけられ、腹部までスカートが捲《めく》れ上がる。ショーツ一枚の下半身が颯都の前に晒《さら》された。

急に恥ずかしくなって、ソファーの背もたれにかけられた脚を戻そうとする。

しかし次の瞬間、颯都の顔がショーツに覆《おお》われた下半身に埋《うず》められた。

「素直に、声出せよ……」

素直にという言葉に震えた身体が、一瞬動きを止める。そのあいだに、颯都の舌が布越しに秘園をなぞり始めた。

「んっ……！」

布越しに舌を上下に動かされ、蜜口に舌を押しつけられると太腿《ふともも》がビクリと震える。

颯都は感じる部分をくすぐりながら舌先を上げていき、もっとも敏感な突起に触れた。

「やっ、あ、ぁっ！」

そこを唇で覆われ、強弱をつけて吸われる。布越しであるせいかその刺激は歯痒《はがゆ》くなるほどだ。

「あぁ……ふぅ、ぅんっ、あっ、そこ……」

気持ちいい……そう言葉が出そうになり、小春は咄嗟《とっさ》に口をつぐむ。素直になろうとは思えど、今ひとつ踏ん切りがつかない。

すぐにショーツの横から颯都の指が潜《もぐ》りこんできた。彼の指が動くと、花芯とショーツのあいだで溢《あふ》れ出た蜜液が広げられ、くちゅりくちゅりと音をたて始める。

「あっあ……やんっ、んっ……」

「濡れてる……。そんなに俺が欲しかった……？」

「馬鹿ぁ……」

つい颯都の言葉に反抗し、彼の頭を両手で掴《つか》む。しかし、押し戻そうとした手は、反対に彼の髪をくしゃりと掴んでしまう。

「あっ……は、ぁ、やぁん……、一……之瀬……」

彼の指が中に入ってくる。蜜壁を掻くように浅く出し挿《い》れされ、触れられていない奥までジンと疼《うず》いた。

「指……んっ、あっあ……」

「……凄くビクビクしてる。カノが欲しがってると思ったら、堪《たま》らない……。もう少しじっくりカノに触りたいのに、すぐにも欲しくて……我慢できなくなる……」

いつも冷静で余裕たっぷりな颯都が、自分を欲しがって余裕をなくしている。それを感じ取った小春は、嬉しくなった。

颯都が自分を求めてくれているという事実が、切ないのに、とても嬉しい……

「一之瀬……起こして……」

小春は腰を引き、身体を起こそうとする。颯都は上半身を起こし、彼女の片脚を背もたれから下ろしてくれた。

身体を起こした小春は、体勢を変えてソファーの上で四つん這《ば》いになりながら颯都の胸を押す。

「カノ？」

不思議そうに問いかけてくる彼の胸を押し、両脚のあいだに身体を入れた。

今から自分がしようとしていることに、小春自身が戸惑う。

恥ずかしくて颯都の顔を見られないまま、小春は彼のベルトを外し始めた。

「一之瀬ばっかり見て、ずるいでしょ……。私にも見せて……」

「いいけど……、おまえ」

「言っとくけど、したことないから。あんまり期待しないでよ」

早口で言い捨て、小春は颯都のズボンのファスナーを下げる。

そこは、ファスナーを引っ掛けてしまいそうなほど大きく張り詰めていた。

ズボンの前を大きくくつろげ、下着の上からおそるおそる手で触れる。布越しに感じる熱い塊《かたまり》にドキリとすると同時に手が震えた。

躊躇《ちゅうちょ》すれば、そこでもう動けなくなりそうだ。

小春はそんな焦りに突き動かされ、前開きの部分から彼自身を取り出した。

無理に引き出してしまったためか、一瞬、颯都の脚がヒクッと震える。

「ご、ごめん、痛かった？」

「いや、ちょっと引っかかっただけ。っていうか、カノの手に掴《つか》まれてるんだって思ったら、それだけで……やばいかも」

その言葉は嘘ではないらしく、手の中で熱い塊がぴくぴくと震えながら、より大きく張り詰めたように感じた。

躊躇《ためら》いと羞恥心《しゅうちしん》に襲われながらも、小春は目を閉じて彼自身を口に含んだ。

「……うっ……」

小さく呻《うめ》いた颯都の腰が、ビクリと震えた。

その反応に、一瞬小春の動きが止まる。だが、嫌がっているわけではないと気づき、そのまま行為を続けた。

一般的な知識しかないが、たぶん、このまま擦《こす》るように動かせばいいはずだ。小春は、彼のモノを含みゆっくりと顔を上下させる。

そうしながら、もう少し速くしたほうがいいのだろうかと考えた。彼が自分の中にいるときは、もっと速いスピードで動いている。

どうするべきか考えていた矢先、颯都の手が頭にのり、優しく髪を撫でた。

「気持ちいいよ……。カノ」

苦しげに、ちょっと息を詰めて。それでも、とても嬉しそうな声。

颯都が感じてくれているのだという事実が、小春の気持ちを浮き上がらせる。好きな人が自分のしたことで悦《よろこ》んでくれている……そう思うだけで、小春の心も身体もうるおってきた。

小春は、もっと颯都に感じてほしい、その一心で唇と一緒に舌を使い始める。

そこでふと、セックスの最中、颯都によく『気持ちいいか』と聞かれたことを思い出した。

恥ずかしさのあまり、一度としてハッキリ答えたことはなかった。だが、正直に気持ちを伝えることで、颯都もこんな嬉しい気持ちになるのだろうか。

「まいったな……、もういい……」

両手で頭を挟まれ、ゆっくりと離される。口に含んでいた彼自身が抜け、すすりきれなかった唾液が糸を引いた。

「ごめん……。これ以上されたら、みっともないところを見せそうだ」

「気持ち良く……ない？」

「バーカッ。気持ち良すぎるんだよ。あのまま口の中でイきそうだから、やめてくれって意味」

ハッキリと意味を知らされ、嬉しいような困ったような、複雑な気持ちで唇を引き結ぶ。

すると颯都が、小春の頭を挟んだまま唇を近づけてきた。

「気持ち良かったよ。ありがとう、カノ。イヤじゃなかったか？」

艶《なま》めかしい囁《ささや》き声。キスの手前で、小春は慌てる。

「あ……イヤじゃない……。あっ、やっぱり、イヤ……」

「イヤだったのにしたのか？」

「じゃなくて、……キスのほう……」

「どうして?」

「だって、いままで……」

口淫後すぐのキスは、颯都がイヤなのではないか。そう思ってのことだったが、颯都はクスリと笑って小春の唇を奪ってくる。それどころか、舌を絡《から》め取って唾液を吸い取った。

「ンッ……あっ、ハァっ……ぁ」

キスの激しさに戸惑っているうちに、またもや体勢が入れ替わる。

ソファーに仰向けに倒れる直前、唇を離した颯都が小春のワンピースを身体から剥《は》ぎ取った。

中途半端なブラジャーも、濡れてしまったショーツも、全て取り去られる。

「カノが俺を高めてくれた唇だと思ったら、食いちぎりたいほど愛しいよ……」

「く……食いちぎるのは、勘弁……」

本気で言ってるのではないかと思える迫力を感じてしまい、小春は顔を引きつらせて身を縮めた。

「凄く気持ち良かった。すぐにカノも、気持ち良くしてやるからな」

そう言いながら、彼はズボンのポケットからコンドームを出した。服を全て脱いでから自分自身に準備を施《ほどこ》す。

見るつもりはなかったが、聞きたかったことを言い出すタイミングを計っているうちに、結局全て見てしまった。

「今夜のカノは、なんだか大胆だな。ずっと見てるとは思わなかった」

「ごめん、あの……用意がいいなと思って……」

「なに？　コンドームのこと？」

「うん、帰国して最初のときも、ちゃんと持ってたし。……男の一人暮らしなのに……」

言ってしまってからハッとする。

事情を全て知れば、その理由は明らかだ。結婚する相手がいれば、いくら男の一人暮らしだとしても避妊具くらい持っていて当然だろう。

「んー、これって、向こうにいたら日用品的なものだったからなぁ。男の一人暮らしだから用意しないとか、そういう感覚じゃないんだ」

「そ、そっか……そういうことへの意識って高そうだもんね」

「まあ、今夜はものすっごく意識して持ってきたんだけどな」

急におどけた声を出し、颯都は小春の両脚を腕に抱える。彼が言うことはもっともすぎて納得するしかないが、心に浮かぶのは罪悪感だった。

自分は、もうすぐ結婚する男に抱かれようとしている。その罪悪感を、小春はこれまでずっと颯都を想い続けてきた恋心で覆《おお》い隠した……

颯都に抱えられた太腿《ふともも》に自分から腕を回し、不安定な体勢を自分で固定した。

「やっぱり、今夜のカノは、積極的だな」

開いた脚のあいだに熱い塊《かたまり》が触れるのを感じながら、小春は颯都を見つめた。

「少し……素直になってみようと思って……」

ぴくりと、颯都の眉が寄ったような気がする。その瞬間、大きな質量がずずっと小春の身体に埋め込まれた。

「ああっ……あっ！」

挿入の刺激に、抱えた脚を引くように身を縮め、すぐに背を反《そ》らす。

颯都の腰は全てを埋め込むまで止まらなかった。一気に奥までいっぱいにされる感覚に身体を戦慄《わなな》かせながら、小春は背を反らして腰をヒクつかせる。

「い……ちの、せっ、あっ……あ、いっぱ、い……」

「それって、素直に俺を欲しがってくれてる証拠だって、思っていいの？　自分で脚を広げるほど、カノが俺に抱かれたかったんだって、思うけど？」

呼吸を乱し、小春は颯都を見つめる。見つめ返してくれる彼の目が、ちょっと怒っているように見えた。

ハッキリとした言葉が出ないままこくりとうなずく。直後、颯都が大きく腰を引き、勢いをつけて突き挿《い》れてきた。

パンっと肌を打ちつけた状態から、さらに繋《つな》がった部分を押しつけ、ぐりぐりと腰を回す。

「あっ、ハアっ！　あぁ、やぁっ、奥、あた、る……んっ！」

切っ先が最奥《さいおう》を深くえぐり、蕩《とろ》けてしまいそうな快感を広げていく。背を反《そ》らしたまま下肢をぴくぴくと震わせた。

「あぁぁっ！　ダメ、ダメぇっ……そんな、しちゃぁ……あぁ、あんっ！」

奥を擦《こす》りながら、彼の滾《たぎ》りはぐちゅぐちゅと小春の中を大きくかき回す。

そこから湧き上がる快感が脳に届き、眩暈《めまい》がしそうだ。

「ダメッ……あっ！　んっ……ヘンに、なるっ……ん、あぁっ！」

全身が震えて手に力が入らなくなってくる。太腿《ふともも》を持つ手が外れそうになった瞬間、両脚を彼の肩にかけられた。

「俺も、変になりそう。嬉しくて」

「ん、あっ……、いちの……せぇ……、あぁっ！」

怒っているような真面目な顔に、じわじわと笑みが浮かぶ。嬉しそうなのに、今にも泣きそうな顔に見えるのは、気のせいだろうか。

小春の両脚をそろえて抱え上げ、颯都は激しい抽送《ちゅうそう》を繰り返す。パシンパシンと肌がぶつかり合う音が、まるで叩いているかのように鋭い音を立てる。

「ハァ、ぅん……ぅっ、あぁっ、ダメぇ……！」

「……ようやく、カノに認めてもらった気がする……」

「っ……ふぅ、ぁっ！」

うわ言みたいに呟《つぶや》かれた言葉を理解する前に、思考が快感の波に流される。

「ダメ……ダメッ、いちのせぇ……！　そんなに……しないでぇ……ああんっ……！」

「イきそうなんだろう？　ずっとヒクヒクしてる。イッていいぞ」

「や、や、だ……馬鹿ぁっ……ああっ！　ダメッ、んっ……！」

「ほら、素直にイけ。そのほうが……俺も、嬉しい……」

「いちのせぇ……、あぁっ！」

俺も嬉しいという言葉に、気持ちがほぐれる。

彼が喜んでくれるなら……

そんな気持ちが、小春に絶頂を迎えさせる。

「あぁ……！　あっ、やぁぁっ……！」

体内に絶頂の余韻を漂わせて身体を戦慄《わなな》かせる。発火したみたいに身体が熱い。ぐったりして身を震わせていると、颯都が肩から下ろした脚を大きく開いた。

「おいで、カノ」

繋《つな》がったまま、颯都に身体を起こされる。背に腕を回され、ソファーに脚を伸ばして座る彼に抱っこされる形で向き合った。

颯都の腰に跨《また》がっている体勢が恥ずかしい。ぴったりと密着した下半身を意識して、小春は思わず腰をもぞもぞと動かした。

「カノは、こうやって抱かれているときはおとなしいな」

小春を抱きしめ、頬擦《ほおず》りをする颯都が、ご機嫌な声を出す。彼は、繋《つな》がった下半身を動かすことはない。だが、最奥《さいおう》まで埋められている彼自身が、ときおり中でピクリと動いて小春を刺激してくる。そのたびに彼女の疼《うず》きがじわじわと広がっていった。

「あ……」

自分が素直な反応をすることで、颯都がこんなにも高まってくれる。

小春は両腕を回し颯都に抱きつく。全身を駆け巡る快感のまま、ゆっくりと腰を揺らし始めた。

すると、それに触発されてか颯都がすぐに腰を使い始める。

与えられる快感を素直に受け入れたことで、これまで以上の気持ち良さを感じた。

もっと、もっと彼を感じたい。

そんな気持ちが先に立ち、小春は颯都に腰を擦《こす》りつけるように動かした。

「毎日でもカノを抱きたい。抱かれているときのカノは……素直だから」

「ああ……いちの、せぇ……ん、あっ！」

「カノ、ずっと、俺だけに抱かれて……」

颯都が腰の動きを速める。そのたびに、かき回された蜜がぐちゅぐちゅと音を立て、溢《あふ》れ出たそれが颯都の脚の付け根を濡らしていった。

「おまえを離したくない……。おまえと一緒なら、どんなこともできそうな気がする……」

「あぁっ……」

なんて、嬉しい言葉だろう……

朦朧《もうろう》と颯都の言葉を聞きながら、小春は泣きたくなった。

どんな形であれ、彼が自分を求めてくれているのだ。

「一之瀬……」

好きな人に求められることが、こんなにも嬉しい。

「嬉しぃ……」

嬉しいのに、とても悲しい……。切ない……

小春は泣き出してしまいそうな気持ちをぐっと抑え、颯都に強くしがみついた。

「カノ……、俺は、おまえを……」

小春の腰を押さえ、颯都が今まで以上に激しく腰を突き上げた。

その勢いに抱きついていた腕が離れる。背を反《そ》らして彼の脚に後ろ手をつき、突き上げられるままに身体を揺さぶられる。

「あぁ……あ！　や……あ、う……ンッ、いちの、せぇっ……！」

彼に突き出すようになっていた乳房を鷲掴《わしづか》みにされ、形が変わるほど強く揉みしだかれた。

「あんっ……」

彼に突き上げられるたび、強過ぎる刺激に頭の中が真っ白になる。

「や……ダメッ、それ、以上……、されたら……ぁあぁっ！」

泣き声を上げる小春を引き寄せ、颯都が力強く抱きしめる。

「小春……」

優しく官能的な囁《ささや》きは、それだけで小春の快感を高めていった。

「小春……、イッていいぞ。ほら、一緒に……」

「いち、のせ……、いちのせぇ……も、ダメぇっ……！」

こらえきれない嬌声《きょうせい》を上げ、小春は颯都にしがみつく。両脚が震え硬直した直後、強く突き上げられて大きな快感に呑み込まれた。

「小春……――」

愛しげに名前を呼ばれたあと、颯都がなにか言葉を言った気がした。

けれど、恍惚《こうこつ》の波に呑まれた小春の意識は、それを理解することはできなかった……

ソファーで愛されたあと、ベッドに移動して再び愛された。身も心も颯都に蕩《とろ》かされて、小春はこれ以上ない幸せを感じる。

一晩中、彼はベッドの中で彼女の身体を抱きしめていてくれた。

このまま二人一緒に目覚めることができたなら……

——だが、それは許されない。

小春は颯都が起きる前に、そっと彼の腕から抜け出した。

颯都を起こさないように服を着て、けだるさの残る身体をなんとか動かし部屋を出る。

小春はタクシーを拾い、そのまま自分のマンションへ向かった。

タクシーの中で、自嘲《じちょう》の笑みとともに涙が零《こぼ》れる。

(これで、よかったんだ……)

颯都のことを想いながら、小春は止まらぬ涙を流し続けた。

マンションへ戻った小春は、なにもする気になれずただソファーに座っていた。

着替えもせず、バッグも足元に放り出して。

ただ頽《くずお》れるように、ソファーに身体を沈めているだけ。

やらなくてはならないことはたくさんある。今後の身の振り方も考えなくてはならない。

こうなってしまった以上、このまま蘆田デザインにいることは難しいだろう。

颯都がエリカと結婚すれば、彼は当然蘆田の仕事も手掛けるようになる。そうなれば、また一緒に仕事をしなくてはならなくなるかもしれない。

これ以上、何事もなかったように颯都とつきあっていくことなどできない。それがたとえ、友人関係だとしてでも。

第一、あの会社にいれば、颯都とエリカの仲睦《なかむつ》まじい姿を目にしないとも限らない。

……そんなのは、耐えられない……

今回の誘いに応じた段階で、小春は会社を辞める覚悟を決めていた。

二人の今度を考えれば、やはりそれしか道はないように思えた。

ソファーの背にもたれながら、小春は無意識のうちに自分の腕を抱く。

身体に、まだ颯都の感触が残っているような気がする。

「一之瀬……」

ぼんやりと呟《つぶや》く声が、静まり返った部屋に響く。

『なに？　カノ』

目を閉じると、彼の甘い声が、聞こえてくるような気がした。

そのとき、静まりかえった部屋にドアチャイムの音が響く。反射的にドキッと鼓動が胸を叩いた。

ドアチャイムは、立て続けに二回、三回と鳴らされる。

ドアの前にいる人物に見当がつき、小春の心臓が騒がしくなる。

じっと答えずにいると、ドアがコンコンコンコンと小刻みに何度も叩かれた。

「カノ、いるんだろ」

決して大きな声ではない。けれど、颯都の声は小春の心に大きく響いていた。

「話をしたいんだ。開けてくれ」

いつの間にかノックの音はやみ、彼の声だけがドアを通して聞こえてくる。

小春はソファーから動けず、玄関のドアをじっと見つめた。

「カノ……、どうしたんだ。どうしていきなりいなくなった？　それもなにも言わないで……！」

冷静に話していた颯都が、思わずといったように声を荒らげる。

その声の強さに、小春の身体がビクッと震えた。

しかし、それからしばらく沈黙が続き、彼はきっと、小春に幻滅して帰ったのだろうと思った。

だが直後、足元に転がるバッグの中からスマホの着信音が響く。

取り出してみると、颯都からだ。彼がまだドアの外にいるのならば、この音は聞こえているはず。こうなっては、居留守もだんまりも、できる状態ではない。

小春は背筋を伸ばし、震える手でスマホを耳にあてる。

『はい』という一言が出せないでいるうちに、颯都の声が聞こえた。

『カノ、俺はまだ、おまえに認めてもらってないのか？』

ビクリと身体が震えた。なぜだろう、この言葉を聞くと、心が痛い。

「認めていますよ……。先生」

小春は息を詰めて、極力抑揚のない声を出す。

意識をしなければ、気持ちが溢《あふ》れて泣いてしまいそうだ。

「先生の……、お仕事のお手伝いができて、本当に光栄でした。私にとって、かけがえのない経験をさせていただきました。ありがとうございます」

『やめろ！　なんなんだ……、その他人行儀な話しかたは……』

「……こんなに、満ち足りた気持ちで仕事をさせていただいたのは初めてです」

『カノ……』

「先生が、パートナーとして深く信頼し、気持ちを分けてくれたおかげで、私は、心から貴方のために頑張ろうと思った。以前好きだと言ってくれた……誰かを笑顔にするための仕事という言葉──私は、先生を笑顔にすることができましたか？」

『いい加減にしろ！　おまえがなにを言いたいのか、俺にはわからない！』

電話口で声を荒らげる颯都に、小春の言葉が止まる。

彼が怒鳴《どな》った声など、初めて聞いたかもしれない。

『おまえは……俺が、仕事のために、おまえを抱いたと思ってるのか……？』

颯都の声が震えている。それは、怒りとは違う理由であるような気がした。

小春は静かに息を吸い込み、呼吸を詰める。発するトーンに嗚咽《おえつ》が混じらないよう、静かに、その言葉を口にした。

「はい……」

颯都が小さく息を呑んだのがわかった。しばらく二人ともなにも言わず、呼吸さえ止まったような気がした。

『……俺は……』

どれくらい経ったのか、颯都がその沈黙を破る。

小さな声は、怒りとも悲しみともつかない、自嘲《じちょう》のような呟《つぶや》きだった。

『俺は、そんなつもりじゃなかった……』

ぷつっと、電話が切れる。

小春の耳に無機質な電子音と、ドアの外から去っていく颯都の足音が聞こえた。

スマホを握った手をだらりと下げ、小春はぐったりとソファーに身体を沈める。

――俺は、そんなつもりじゃなかった……

「……もうすぐ結婚するくせに……」

颯都は、なぜあんなことを言ったのだろう――浮かび上がる疑問を、小春は頭を振って外へ追い出す。

「もう……考えたくない……」

苦しい……。胸が痛い……。もうたくさんだ。もうなにも考えたくない。

泣かないために目を閉じたのに、小春の頬に、幾筋もの涙が流れた。


週が明けてから、小春は上司に退職の意向を伝え、保留になっていた仕事を精力的に片づけ始めた。

今週末には、チャペルの完成式典が行われる。事実上、インテリアデザイナー、一之瀬颯都の帰国第一弾をお披露目するパーティーだ。

本来ならばパートナーの小春も出席しなければならない席だった。だが、あんな別れかたをしてしまった以上、小春は顔を出すことはできない。

それに、式典にはクライアントとして、エリカも出席することになっている。

幸せそうな二人の姿を見るのは辛い。

小春は、モヤモヤと胸を苛《さいな》んでくる気持ちを心の奥底へ追いやり、目の前の仕事に集中した。

「はい、大丈夫です。ええ、すぐ打ち合わせに入ります。いえ、こちらこそ、いつもありがとうございます」

話しながらメモを取った紙を眺めて、嘆息する。

「そんなに急いで仕事進めていたら、過労死するよ」

隣から声がかかり、晴美が呆れた顔をして小春を見ている。

「今週に入ってから、なんかおかしいよ小春。今までも忙しくしてたけど、ちょっと度が過ぎてる。スケジュール調整、ちゃんとしてる？　このままじゃ、本当に身体壊すよ」

晴美はそう言って、自分のデスクから小さな四角いチョコレートの包みをひとつ差し出す。お疲れ様の意味だと解釈し、小春は笑顔でそれを受け取った。

「ありがとう。でも、ここ一ヶ月半くらい、チャペルにかかりきりだったでしょう？　チャペルの件も片づいたし、止まってた仕事を早く進めなくちゃ」

「なんかさぁ、心配になるんだよね」

「なにが？」

「なんか、持ってた仕事が片づいたら、小春が会社を辞めて独立でもするんじゃないかって」

「えっ……」

小春はつい言葉に詰まってしまった。

「……な、なに言ってんのよ。なんの後ろ盾もない一介のインテリアコーディネーターが、独立とかありえないでしょ」

「だって、すでに小春の名前でハウスメーカーやら他のデザイン事務所から依頼が入ってきてるじゃない。可能性がないわけじゃないでしょ」

「晴美……」

「小春はさ、一之瀬先生と組んだら、すっごくいい仕事をしていけそうだよね。きっと、またそんな機会がありそうな気がしてるんだけど」

「そう、かな……」

「うん……」

晴美の口調は、どこか探るようなトーンをしていた。

今のところ、小春が退職届を出したことは公《おおやけ》になっていない。だが、最近の彼女の仕事を近くで見ていて、友人ゆえに晴美はなにかに気づいているのかもしれない。

大切な同僚でもある彼女にも言えないなんて、自分はなんて情けないことをしているんだろう……

自嘲《じちょう》する気持ちが大きくて、小春はただ苦笑いで誤魔化すことしかできない。

「小春さん、どーぞ」

ネガティブな考えに傾きかけた小春の前に、封筒の束が差し出される。見ると、沙彩がにこにこしながら立っていた。

「総務から預かってきましたー」

「ありがとう」

束を受け取り確認していた小春は、一通の封筒に目を留める。

「これは……」

四方を囲む蔦《つた》模様が浮き出し加工されている、お洒落《しゃれ》な封筒。差出人はＰＰデザイン、と社名が印刷されている。

以前、二度ほどヘッドハンティングの打診をしてきた会社だ。

小春からはなんの連絡もしていないが、反応のない相手に三度目の打診をしてくるとは……結構、根気強い。

他の封筒と一緒にしてしまおうとしたが、小春はふと考え直し、それだけを鞄《かばん》に入れて立ち上がった。

「打ち合わせに行ってくるわね」

横に立ったままだった沙彩に向かって言ったのだが、返事をしたのは晴美だった。

「直帰？」

「ううん。戻ってくる。そんなに時間はかからないと思うし、晴美にお疲れ様のお土産《みやげ》も買ってきたいしね。それに、十八時にクライアントが会社に来ることになってるから」

「働きすぎって怒られたからって、お土産《みやげ》なんていいよ。帰って休みな……、って言おうと思ったけど、予定があるなら、そういうわけにはいかないね。じゃあ、いってらっしゃい」

「いってらっしゃい小春さん。お気をつけてー」

二人に見送られ、小春はオフィスを出てエレベーターホールへ向かった。

エレベーターを待ちながら、バッグの中の封筒を意識する。

ヘッドハンティングには興味はなかったが、話を聞いてみるのもいいかもしれないと、心が動く。

エレベーターに乗り込み、一階を指定する。一人きりの箱の中で、小春は深いため息をついた。

「……我ながら、逃げるみたいで情けないな……」

仕事を辞めれば、必然的に、颯都とかかわる可能性も少なくなる。

そう考えながら、小春はエレベーターを降りた。

ハッキリしない空を見て、小春はもう一度ため息をついた。

会社は基本的に土日はお休みだ。

しかし小春は、その週の土曜日も出社していた。

コーディネーターの休日出社は珍しくないものの、この日のオフィスには小春しかいない。

退職準備のために、手持ちの仕事の処理を急がなくてはならないのだ。最近は晴美にまで心配されてしまうほど仕事を詰めていたせいもあって、少々スケジュールに無理がかかっている。

急がなくてはならないとはいえ、丁寧に、クライアントが笑顔になってくれる仕事をしようという気持ちに変わりはない。

小春は午前中から固めていたモデルハウス用のインテリアプランの見直しを終え、ふうっとひと息ついた。

すぐに次の仕事に取り掛かろうとしたが、何気なく時間を確認し、その気持ちは遮《さえぎ》られる。

——そろそろ、チャペルの完成式典が始まる時間だ。

本来なら小春も出席すべきものではあったが、颯都と決別した自分が行けるはずがない。

それでも、完成したチャペルを思い浮かべると、その完成を彼と一緒に喜べないのを寂しく感じた。

颯都の帰国第一弾の仕事。会場にやってくる関係者や招待客の全てが称賛するだろう。

贔屓目《ひいきめ》で見なくても、チャペルはとても素晴らしいものに仕上がった。

彼は、きっとこれからも、常に表舞台で注目を浴び、いい仕事をしていくだろう。

「……おめでとう……、一之瀬」

ぽつりと呟《つぶや》き、小春は唇を引き結ぶ。

直接言えないのは切ないが、しようがない。

そうしてしまったのは、自分なのだ……。

そのときオフィスのドアが開く。誰かが休日出社してきたのだろうかという軽い気持ちで、小春はそちらに目を向けた。

だが――そこに立っていたのは、式典に出席しているはずのエリカだった。

「エ、エリカさん……」

不意に襲う後ろめたさに、ドキリと鼓動が跳ね上がる。

エリカは、まっすぐ小春に目を向けて、近寄ってきた。

今日のエリカは、上品な雰囲気のスーツを着て、髪をきっちりまとめている。メイクもいつもよりしっかりしているような気がした。

エリカが、なぜここにいるのだろう……。

彼女は完成式典に出席しているはずではないのか。

「小春さん」

「……はい」

エリカが厳しい口調で小春を呼び、彼女の前で立ち止まる。つられるように、小春もゆっくりと立ち上がった。

「颯都さんが待っています。チャペルの完成式典に行ってください」

「待っているって……、そんなはずは……。あの、私は……」

小春は言葉を濁《にご》しつつ、彼女から視線を逸《そ》らす。

するとエリカは、持っていたハンドバッグからおもむろに白い封筒を取り出し、小春に差し出した。

宛名には小春の名前が書かれている。

「颯都さんに、必ず小春さんを連れてくるように言われているんです」

「これは……」

「受け取ってください。私の結婚式の招待状です」

「え？」

「来ないなら、これを渡すようにって。……小春さんは、たぶん大きな勘違いをしています」

エリカの言っていることがわからず、困惑しながらエリカと招待状を交互に見る。
これを受け取って確認することに、一体なんの意味があるのだろう。
颯都とエリカの名前が微笑ましく並んだものを見ろというのか。
……けれど、これは小春が受け入れなくてはならない現実なのだろう。
小春は震える手を伸ばし、封筒を受け取った。
そして、ゴクリと喉《のど》を鳴らし、裏面を見る。
「え？」
思わず声が出た。目を見開いたまま、視線が封筒に釘付けになる。
そこには、エリカの名前と、まったく知らない外国人の名前が書かれていた。
これはどういうことだろう。ここに書かれているべき名前は、颯都ではないのか。
小春は動揺を隠しきれない表情で顔を上げ、目の前のエリカを凝視した。
「やっぱり……。小春さん、一之瀬颯都は……私の血の繋《つな》がった兄なんです」
「あ、兄……？」
聞かされたことがすぐに理解できなくて、小春はさらに目を瞠《みは》った。
そんな小春の様子を見て、エリカは納得したようにうなずく。一度小さく息を吐くと、
彼女はゆっくり話し出した。
「私が八つのとき、両親が離婚しました。私と長男が父のもとに残り、次男の颯都さん

は母についていったんです」

混乱しつつ、小春は必死に頭を整理した。エリカが八歳なら、颯都は十歳。ちょうど小春と出会った年だ。

颯都にきょうだいはいない雰囲気だったので、勝手に一人っ子だと思いこんでいた。

「離婚したといっても、関係が断絶したわけではないんです。だから、家族としてのつきあいはずっと続いていました。颯都さんにイタリア行きを勧めたのも父です。デザイナーである母に似て、センスがよく才能もあった彼の将来を見据えていたのでしょう」

颯都のイタリア行きは、コンテストで優勝したことだけが理由ではなかったらしい。

「私の結婚相手はイタリア人の写真家なんです。でも、彼がイタリアへ帰ることになって……」

エリカは、兄である颯都のイタリア行きに便乗したのだそうだ。兄と住むことを条件に、イタリア行きを認めてもらったのだという。

（……そんな……）

――エリカの結婚相手は、颯都ではなかった。

あのチャペルが思い出の場所であることも、イタリアで颯都と一緒に暮らしていたことも事実だった。けれど、その理由は小春が思っていたものとはまったく違う。

「イタリアで、いつも小春さんの話を聞かされていました。あのときカノがこう言った、そのときカノがこうやった……って、それは楽しそうに話すの。なんだか、いつも惚気《のろけ》られている気がしました」

「エリカさん……」

頭が混乱する。知らされた真実があまりにも衝撃的で、どうしたらいいのかわからず動揺が止まらない。

それでも、小春が話を理解してくれたと安心したのだろう。エリカがホッとした表情を見せる。

「颯都さん、いつも言っていました。〝俺は、カノに認めてもらえる男になりたいんだ〟って」

それは、いつか彼が口にした言葉。

「それって……」

「その先は、兄に直接聞いてください」

きっぱり言ったエリカが、表情を改めて小春をじっと見てきた。

「颯都さんは、あのチャペルを素晴らしいパートナーとともに仕上げたと公言しています。そこまで兄に言わせたあなたが、式典に出席しないのですか？」

小春はエリカを見つめる。彼女は優しく微笑んでいた。

「これから、すぐに向かいますっ」

そう言って、小春はそこから駆け出した。

「兄を、よろしくお願いします」

背に嬉しそうなエリカの声がかけられる。振り返った小春は、微笑んで手を振った。

「ありがとう、エリカさん……！」

全部、誤解だったのだ。

颯都の事情を知らなかったばかりに、小春はとんでもない思い違いをしていた。

（ごめんね……、一之瀬……）

あんな酷《ひど》い別れかたをしてしまった自分は、きっと颯都を傷つけたに違いない。

彼は許してくれないかもしれない。謝っても、小春を受け入れてはくれないかもしれない。

――それでも……

（今度こそ、自分の気持ちを一之瀬に伝えたい）

ずっと、言葉にできなかった想いを、素直に彼に届けたい。

小春はそれを胸に、颯都がいる思い出のチャペルへと向かった。

爽《さわ》やかに晴れ渡った空の下。

見事に生まれ変わったチャペルホール・フェリーチェが、お披露目された。

その美しい庭で、現在、完成式典が行われている。

そこは、ガーデンパーティーさながらに、テーブルセッティングがされていた。

立食パーティー形式なので、招待客はそれぞれ思い思いの場所に立ち、中央に作られたステージに注目している。

そうして、今まさにそのステージに上がったのは、黒のディレクターズスーツ姿の颯都だ。

モデル体型の彼がスーツを着ると、非常に洗練されて見える。特にポイントとなっているいる明るいオレンジ色のアスコットタイが、彼のお洒落《しゃれ》な雰囲気を際立たせていた。

招待客たちから外れた後方に控えていた小春は、ステージ上の彼の姿をじっと見つめる。

（一之瀬……）

溢《あふ》れそうになる涙を、小春はグッとこらえた。

颯都にはもう二度と会わないと決めていた。

彼への想いも、全て捨てようとしていた。けれど……

こうして姿を見てしまうと、愛しい気持ちが溢れ出して止まらない。

そのとき、周囲を見回していた颯都と目が合って、ドキリとした。

いや、気のせいではない。

颯都は、小春に視線を向けたまま微動だにしない。

（私に……気づいたの……？）

彼に見つめられていると思うと、ドキドキと鼓動が早鐘を打ち始め、颯都から視線を動かせなくなった。

すると、その状態のまま颯都はスピーチを始めたのである。

「……このチャペルは、私自身にとって、大変思い出深い場所です」

マイクから響くその声に、小春の意識がひきつけられる。

「私は、小中高とこのチャペルの前の道を通学路にしていました。そして、この場所で結婚式を目にしたのです。一緒に通学していた初恋の女の子と……」

会場の一部で、女性の黄色い声と、冷やかすような歓声が起こる。和《なご》やかな笑い声に包まれた会場で、颯都の話は静かに続く。

「ここで結婚式を見たとき、新郎新婦や参列者の幸せそうな表情が、とても印象に残った。そのとき感じた衝撃が、私の仕事に対する基本理念に繋《つな》がっています」

スピーチはみんなに向けられているのに、彼の視線はずっと小春から動かない。

「誰かに幸せを感じて笑ってもらえる仕事がしたい。私はその想いを胸に、今も、これからも、仕事をしていきたいと思っています」

最初に起こっていた冷やかしは止まり、誰もが颯都の話に聞き入った。

小春は颯都と結婚式を覗《のぞ》いたあの日を思い出し、締めつけられる胸を両手で押さえる。

彼も同じなのだ。誰かを笑顔にできる仕事がしたい。あの想いを、颯都も忘れてはいない。

「私にとって、とても大切なこの場所に、こうして新たな息吹を与えられたことを幸せに思います。私は、このチャペルで、かつて初恋の女の子と見たような幸せな笑顔がたくさん見られることを、望んでいます」

今まで静かだった会場に、大きな拍手が響き渡る。颯都がこのチャペルにかけた想いを誰もが称賛し、拍手はなかなか収まらない。

しかし、スピーチは終わったのに、颯都はまだその場に立ったままだ。来場者たちは、彼の視線が、ある一点を見つめたままであることに気づき、拍手をやめる。

小春は周囲の視線が自分に集まり始めたことに気づいた。

それでも、颯都から目が逸《そ》らせない。なぜなら、彼がずっと小春を見つめていたから。

颯都は、ハッキリと小春に声をかけた。

「おまえを……そういう幸せな顔にしてやりたい。……俺の手で」

小春は息を呑む。周囲が静かなせいで、その声を妙に大きく感じた。

頭の中に、颯都との過去のやり取りが思い出される。

――あの日、花嫁さんの幸せそうな笑顔を見て、彼は口にしたのだ。

『こういう顔、させてやりたい』

『誰に？』

将来の仕事に対する希望だと思っていた。だがそれは違うのだと今教えられた。

あのとき、彼がこの場所で幸せな笑顔にしてやりたいと思った相手……

（私、なの……？　一之瀬……）

涙と一緒に、嬉しさと感動が溢《あふ》れ出す。

彼は小春に目を向けたまま、ステージを下りる。ざわめく人々の中を、颯都はただ一点を見つめて歩いてくる。

彼の進行に合わせて、招待客たちが道をあけていく。

そして、彼は小春の前に立った。

式典に出席している者はみんな盛装だ。その中でブラウスにフレアスカートというスタイルの自分は、妙に場違いであるような気がして気が引ける。

だが、颯都は小春の左手を取り、そのまま顔を近づけてきた。

「俺に、おまえを幸せにさせてくれ……人生の、パートナーとして」

直後、ふわりと唇が温かくなる。

颯都の甘やかなくちづけに喜びは解放され、小春はその愛しさのまま彼に抱きついた。

「好きだ。小春」

「私も……、私も、大好き！」

泣き笑いで抱きつく小春を、颯都も強く抱き返す。

彼の腕を感じて、小春は幸せに包まれる。その瞬間、大きな拍手が沸き起こり、小春はハッと我に返った。

公衆の面前で、なんということをしてしまったのだろう。おまけに今は、チャペルの完成式典の真っ最中だというのに……！

「きゃっ……」

青くなって顔を上げられない小春を、颯都がふわりと横抱きにした。

「それでは、皆さん」

小春を抱きかかえ、颯都が爽《さわ》やかな笑みを浮かべて周囲を見回す。

「私は、彼女と一緒に、失礼させていただきます。これからの仕事にも、どうぞご期待ください」

颯都が軽やかに頭を下げる。二人を祝福する拍手は鳴りやまず、温かな拍手に、颯都は一瞬くすぐったそうな表情をした。

しかし、すぐに彼は、腕の中で固まる小春に目を向けたのだ。

「い、いちのせぇ……」

「もう、離してやらないからな」

「お、下ろして……」

「絶対、やだ」

しっかりと両腕に小春を抱きかかえたまま、颯都が足を進める。

止まらない拍手に見送られながら、いつしか笑顔になっていた二人はチャペルの門を出て行ったのだった。

第五章

抱きかかえられたままタクシーに乗せられ、連れて来られたのは、颯都のマンションだった。

「もう、いい加減に下ろしてってば……、一之瀬」

「やだって言ってるだろ」

タクシーに乗っているときから降りたあとも、颯都は小春を横抱きにしたまま離そうとしない。

こんなふうに抱きかかえられているだけでも恥ずかしいというのに、こともあろうにマンションの入口でコンシェルジュに出迎えられてしまった。

「おかえりなさいませ、一之瀬様」

相変わらず笑顔を崩さないコンシェルジュの男性は、小春を抱える颯都を見ても表情を変えたりしない。

それどころか、両手がふさがっている颯都のために、エレベーターホールに先回りし、ドアを開いて待っていてくれた。

「ありがとう。ああ、そうだ……」

「はい」

「うち、近々二人暮らしになるから。よろしく」

颯都の言葉に、コンシェルジュは心からの笑みを浮かべて「承知いたしました」と頭を下げた。

エレベーターのドアが閉まり上昇し始めると、小春は彼の腕の中で思わず反抗した。

「ちょっと、今の近々二人暮らしに……って、どういうことよ」

「おまえのことに決まってんだろ」

さも当然のように言われるが、小春にしてみれば初耳だ。

「そんな、なに勝手に決めてんのよ……」

「もう離さない、って言っただろ？　元々、カノのために空《あ》けていた部屋だ」

「私のためって……」

「よかったな。これで仕事部屋とリビングを別々にした生活ができるぞ」

そう言って颯都が、ニヤリと笑った。

「わ、悪かったわね」

颯都は楽しげに笑いながらエレベーターを降りる。

結局、颯都は部屋に着くまで、一度も小春を離すことはなかった。

「カノ……」

「なに？」

「来てくれて、ありがとう」

颯都が小春にチュッとキスをする。嬉しそうな彼の言葉が、照れくさい。

小春は熱くなってくる頬を隠す術《すべ》もないまま、慌てて口を開いた。

「だ……だって、あんなもの、エリカさんに見せられたら……」

「結婚式の招待状か？　やっぱり見せたんだな。話をして素直にカノが来ないようなら、それを渡して納得させろって言ったんだ」

「決定的なものだもんね……。名前が入ってるし」

「そうでもしないと、カノの誤解は解けないだろう？　——絶対に、来てほしかったんだ。俺のスピーチ、他の誰でもない、おまえに聞いてほしかったから」

小春はなにも言えなくなる。さらに頬が熱くなった気がした。

「素敵な……スピーチだった……」

「一生、思い出に残るだろう？」

「……残りすぎて……、忘れられない……」

もう一度、唇が重なった。

小春を抱いたままマンションの部屋へ入った颯都は、そのままベッドルームへ入った。

「い……一之瀬……」

思わず、戸惑いの声が上がる。

すると彼は、小春をベッドの上に下ろし、その前に膝をついた。

「カノ、ごめん」

「え……」

「おまえが、ああいう態度を取ったのは、俺がエリカや家のことを話していなかったからだ……。エリカの話を聞いて、おまえが誤解をするのは、当たり前だ」

「一之瀬……」

本当に後悔している様子が窺《うかが》える颯都に、胸がきゅっと締めつけられる。

「小春に拒絶された後、たまたまエリカと話しておまえが取った態度の意味が想像できたんだ。なにも知らずに、エリカとイタリアで暮らしてたなんて聞いたら、なにかあるって思うよな。悪かった。本当に、ごめん」

「い……いいよ……。もう本当のこと、わかったし。そんな顔しないで……」

こんな弱気な颯都を目にするのは、初めてだった。

それに、ちゃんと颯都に確かめることもせず、エリカとの関係を決めつけてしまった小春も悪かったのだ。

「許して……くれるか？」

颯都を見つめ、小春は「うん」とうなずく。彼が安心したようにふわりと微笑んでくれて、小春もホッとした。

——だが……

「じゃあ、次、おまえが謝れ」

「へ？」

ころりと、颯都の態度が変わる。ふわりと笑んでいた口角はつり上がり、優しかった双眸《そうぼう》に苛立ちが宿った。

「疑問に思ったなら、不安に思ったなら、どうして俺に聞かなかった？　イタリアでどういうことしてたの？　誰かとルームシェアとかしてた？　恋人とかいたの？　気になってんなら、どうして素直に聞かないんだ。聞かないで勝手に解釈して離れていくなんて、最悪だぞ、おまえ」

「なっ、最悪とか言うっ!?　もとはと言えば、あんたが五年前、なにも言わないでイタリアに行ったりするからっ……」

ずっと口に出せず心に溜め込んでいたものが零《こぼ》れた途端、これまでの想いが胸に溢《あふ》れた。

「そうよ……勝手にイタリアに行って、私を気持ちごと置いてきぼりにして……。だいたい、イタリアに行くって決まってたなら、なんであのとき私のこと抱いたのよ！　そのままあんたがいなくなって、私がどれだけ悩んだと思ってるの！」

零れ始めた想いは、壊れた蛇口から出る水のようにどんどん流れ出す。今まで言いたくても言えなくて、聞きたくても聞けなかったことが、昂《たかぶ》った感情に煽《あお》られて次々と出てきた。

「私は嬉しかったよ！　好きだった一之瀬が初めての人だったし、いつも以上にすっごく優しかったし！　もしかしたらこのまま、腐れ縁の友だちから違う関係になれるんじゃないかって、期待した！　なのに、……一之瀬は……黙って行っちゃったから……」

五年前の悲しさが、颯都になにも言ってもらえなかった辛さが、小春の胸によみがえってくる。

じわりと涙が浮かび、だんだん泣き声に変わっていった。

「イタリアに行くことを話さなくたって気にするような存在じゃないんだ、とか、日本を離れる前に慰《なぐさ》めついでに手を出しておきたかった程度の女だったんだ、とか、そんな、……そんな酷《ひど》いことばっかり考えて……！　絵葉書がきて、結局私はあんたにとって友だちでライバルでしかないんだって割り切ろうとしてたのに……。いつもいつも……あんたは私の気持ちをかき回すことばっかりして……。もう……私をどうしたいのよ！」

颯都の前で、こんなに感情を爆発させるのは初めてだ。

興奮してまくし立てる小春を、颯都はぎゅっと抱きしめた。

「カノ、ごめん。慰《なぐさ》めついでに手を出したとか……そんなわけないだろう。カノを抱いたとき、俺を受け入れてくれたとき……どれだけ嬉しかったか……。イタリアに行ってからだって毎日カノのことを考えてた。会いたくて会いたくて、声が聞きたくてどうしようもなかった」

「だって……だって、そんなことわかんない……」

「そうだよな。わかんないよな。ごめん、ちゃんと言ってないんだから当たり前だ。あの日、ホテルから黙っておまえがいなくなったとき、物凄くショックだった。それこそ、今おまえが言ったように、俺は、これからカノとかけがえのない関係を築いていけるって期待していた。心から想っている相手になにも言ってもらえないっていうのがどれだけダメージになるか思い知らされた。……俺は、五年前、カノに同じことをしたんだよな……とんでもなく酷《ひど》いことをしたんだって、ようやく気づいた」

あの日、ホテルから消えた小春を追ってマンションまでやってきた颯都。彼らしくないほど取り乱していたのは、そんな気持ちがあったからなのか。

それを感じて、小春は胸が苦しくなった。

颯都は小春を抱きしめたまま、ゆっくりと一緒にシーツへ沈んだ。

「伝えたくて伝えられていないことがたくさんあったけど……。これだけは、ハッキリ伝えたいんだ。……小春……」

甘い囁《ささや》きが、耳孔から流れこんでくる。彼の声、その呼びかたに、小春の全身が戦慄《わなな》いた。

顔を上げた颯都が、小春を見つめる。彼は愛しげな双眸《そうぼう》の中に彼女を閉じ込め、囁いた。

「――Ti amo《ティアーモ》……」

イタリア語で囁かれる言葉に、小春は目を瞠《みは》る。

颯都に近づきたくて、少しだけ覚えたイタリア語。その中にあった、代表的な言葉。

颯都の瞳を見つめ返し、小春は囁く。

「日本語で言って……。ちゃんと、私にわかるように……」

声が震える。彼のその言葉をずっと待っていた。

胸が熱くなって、再び涙が目に溢《あふ》れてくる。

颯都は小春の頬を撫で、目元を和《なご》ませた。

「愛してる……」

ぶわっと、湧き出すように小春の瞳から涙が溢れた。

「愛してるよ。小春」

「一之……瀬……」

「愛してる。昔から、ずっと」

颯都の唇が、小春のひたいに落ちる。優しく抱きしめられ、彼の顔が耳元に落ちた。

「イタリアに行くとき、おまえになにも言えなくて、本当にごめん……カノの顔を見たら、行けなくなるような気がした。だけど……」

ちょっと言いにくそうに颯都は続けた。

「告白することで、おまえとの関係が壊れるかもしれない……それが、怖かったんだ……」

「一之瀬ぇ……」

「小春は……」

「私……」

「教えて……。小春の素直な気持ち……。もう一度、教えてくれ……」

颯都の背に回していた指に力を入れ、小春は彼をかき抱いた。

「好き……」

「……小春?」

「好き……だよ……。告白して一之瀬との関係が壊れるんじゃないかって、怖かったのは私も同じだった……。昔から、一之瀬に負けないくらい、ずっと、ずっと……大好きっ!」

素直な言葉を出す唇に、颯都の唇が吸いつく。

強く彼女をかき抱き、何度も顔の向きを変えて唇を合わせた。

忙《せわ》しなくキスを繰り返しながら、颯都は小春の服を奪っていく。

「一之瀬……あっ……」

「小春……、愛してる……小春……」

何度も何度も、颯都はその言葉を繰り返し小春に囁《ささや》いてくる。

そうしているうちに、小春は一糸まとわぬ姿にされてしまった。

「せ、せっかちっ」

「無理。嬉しくて、止まれない……」

「一之瀬……」

本当に嬉しそうな彼の声を聞いてしまえば、責める気になれない。

小春の首筋や胸元にキスをしながら、颯都が自分の服を脱ぎ捨てる。

せっかくのスーツがしわになると言いたくなる程乱暴な脱ぎかただ。だが、それだけ、彼が自分を求めているのだと伝わってくる。

「あっ……いち……の、せぇ……あんっ」

彼の指が、乳房を掴《つか》んで、その頂《いただき》を丹念に嬲《なぶ》る。そして硬くなった頂を熱い口腔《こうこう》に含み、舌で突起を弾いた。

「あっ……やぁ、んっ、んっ……」

「気持ちいい？　小春」

「あっ……あ、んっ」

「教えて……。正直に……」

求められるのは、彼がくれる快感に対して、ずっと躊躇《ちゅうちょ》していた言葉。正直に言うのが恥ずかしいと、颯都の前で口にすることが、どうしてもできなかった言葉。

でも、もう、意地を張る必要はない……

素直に、気持ちを伝えていいのだ。

「気持ち、いい……。一之瀬に触られると……凄く、気持ちいい……」

恥ずかしい。それでも自分の気持ちをストレートに口にする。

そんな小春の言葉に、一瞬動きを止めた颯都は、すぐに彼女の乳房に吸いつき、夢中で柔らかな肌に唇を這《は》わせた。

「小春……俺も、おまえに触ってると、凄く気持ち良くて……幸せだ……」

幸せという言葉が、小春の全身に沁《し》み渡る。颯都に抱かれて感じるこの気持ちも、快感も、幸せという言葉に含まれるのだと実感する。

小春の全身にくまなく唇を這《は》わせ、颯都は彼女とひとつになるための準備を自分自身に施《ほどこ》した。

「あっ……あぃっ、いちの……せぇっ……んっ！」

小春の中に、熱い楔《くさび》が埋め込まれる。両脚を抱えられて大きく腰が上がると、上を向いた蜜洞に激しい抜き挿しが繰り返された。

「あぁっ、んっ……ャッ、ダメッ、激し……あぁっ！」

「もっと、もっと小春が欲しい……」

「いち……の、せぇっ……！　ああっ……私、もぉ……！」

颯都につられて出そうになった言葉を、小春は意識して止める。だがすぐに思い直し、彼の首に腕を絡《から》め、抱きついて口にした。

「もっと……、一之瀬が……、あぁっ、欲しい……っ」

小春の言葉に煽《あお》られたのか、颯都の抽送《ちゅうそう》がより激しくなる。力強く打ちつけられる腰は、肌がぶつかるたび痛いくらい大きな音を立てる。苦しい程の激しさに、小春は呼吸もままならない。

「一之瀬……、いち……のせぇっ……や、ンッ、ぃ、気持ち、いい……」

もうなにも考えられなかった。頭の中まで颯都でいっぱいで、身体は彼からの快感を受け取ることだけに集中している。

「気持ちいい、……あぁっ……！　変に、なりそ……っ！」

「かわいい、小春……いいから、変になって」

我を忘れて乱れ、喘《あえ》ぎ声を上げる。颯都はそんな小春にくちづけ、音を立てて舌を絡めた。

「ハァっ……あっ、あぁっ。ふぁ……」

合わせた唇の隙間からも喘ぎが漏《も》れる。キスに応《こた》えるのが精一杯で、いつ息を吸った

らいいのかわからない。

酸欠で頭がくらりとしてくるが、キスを止めようとは思わなかった。

「ふうっ……んっ……ダメ……も、ダメッ……あっあ！」

「イきそう？　小春」

「イ……く、うん……イきそう……、あぁっ！」

絶頂の予感を口にし、小春は全身を震えさせ激しく首を振る。

身体がどうにかなってしまいそうだ。この甘く苦しい快感から解放されたくて、小春

は颯都にねだった。

「イ……かせて……、颯都……お願……いっ……！」

夢中になるあまり、無意識に出た言葉だった。しかしそれは、彼を大いに昂《たかぶ》らせたよ

うだ。

颯都は小春の両脚を肩にかけて、奥をえぐるように激しく自身を突き立てる。

「小春っ、いいか……」

「い……い、気持ちい……ぃ、あっ、あ……颯都……はやとぉっ……ダメッ、もう、イクッ……！」

彼の首にしがみつき、上半身がわずかに浮く。颯都が小春の脚を肩にかけたまま前のめりになり、密着した部分がより強く繋《つな》がった。

「あああっ……！　あっ……！」

繋がり合ったところが熱くて、一緒に溶けてしまいそうだ。鉄が融《と》け合うように、このまま溶けてひとつになってしまうのではないかとさえ思う。

そうして彼が小春の中に熱を解放したあとも、二人は繋がったまま動けないでいた。

「小春と、このままずっと繋がっていたいな……」

同じような思いを颯都が呟《つぶや》き、小春はくすっと笑った。

颯都は彼女の肌を撫でながら、ゆっくりと抱きしめてきた。

「小春、もう一度、俺の名前呼んで」

「え……」

「颯都って。あれ、凄く嬉しかった。だから……もう一回、呼んで？」

改めて言われると、ちょっと恥ずかしい。十歳のときからのつきあいだが、彼のことは苗字以外で呼んだことがなかった。

だが小春は、颯都に下の名前で呼んでもらったときの感動と喜びを思い出す。

嬉しくて、嬉しくて、それだけで全身が疼《うず》いたあの感覚を……

「……颯都……」

「ん？　もっと大きく」

「颯都っ」

「もう一回」

「は、はやとっ！」

いささかムキになって彼の名を呼んだ。すると、目の前の颯都が嬉しそうに破顔し、彼女にくちづけてきた。

「小春、愛してるよ」

唇から、ゾクゾクッとした甘い痺《しび》れが全身をめぐる。

名前を呼ばれて感じるこの幸せを、同じように感じてくれているとわかって、小春は自分の唇を彼に押しつけたのだった。

何度か愛し合い、二人身体を寄せ合うベッドの中。颯都が暗くなった天井を見つめながら、ぽつりと口を開いた。

「イタリアに行ったはいいけど、何度帰りたくなったかわからない」

イタリアでの颯都がどんな感じだったのかと聞いた小春の質問に答えてのものだが、

彼の華々しい活躍を知っているだけに意外に思った。

「大手のデザイン事務所に迎えられたっていっても、日本で注目されてたくらいじゃ、なんの意味もない。実績がないからな。俺は最初、その辺の見学に来た学生と同じような扱いだった」

あの頃、日本で颯都に対する注目度は高く、受賞歴も評価も高いものだった。そんな彼だから、きっとイタリアでもすぐに周囲になじんで評価されるものと考えていたのに。

「毎日、悔しい思いの連続だった。あまりいい言葉じゃないけど、イタリア語に『Porca《ポルカ》 miseria《ミゼーリア》』って言葉があって、……まあ、『こんちくしょう』って意味なんだけど、……それを、呟《つぶや》かない日はなかった……」

颯都の腕枕で、話を聞く小春の胸は穏やかではない。

「そんな俺に、絶対に成果を上げてやる、絶対に負けないって気持ちをくれたのは、……小春だった」

「私……？」

「そう。小春がくれた、絵葉書」

小春は目を瞠《みは》る。年に二回、二人がやり取りをした絵葉書。

長いメッセージではないけれど、必ず一言入れていた。思えばそのメッセージは、いつも相手を褒《ほ》め、自分を高めようとする言葉ではなかったか。

「小春も頑張ってるんだって、小春が頑張れって言ってくれてるって、その思いが、ずっと俺を支えてくれていた」

「……颯都……」

「だから言っただろう。小春にもらった絵葉書は、一枚一枚写真立てに入れて飾ってるって。あとで見せてやるよ」

当時の想いがよみがえったのか、颯都は感慨深げに小春を抱き寄せる。

「けど、小春も凄く大事にしてくれてただろう。俺の送った絵葉書」

「え……、あ、まぁ……」

「見たらすぐ処理済みのレターケースに放りこんでた、なんて言ってたくせにさ。すっごく立派な葉書ホルダーに入れて、大事に大事に保管してた」

「なっ、なんで知ってるのっ」

小春は慌てて上半身を起こしかける。そんな小春を、再び颯都が胸に引き寄せた。

慌てる彼女を面白がるように、笑って頭をポンポンと叩く。

「初めて小春の部屋に入ったとき、デスクで見つけた。おまえがコーヒーを淹《い》れてるときに。いやぁ、感動した」

「み、見たの!?」

「見た」

満足げに答え、颯都は小春のひたいにチュッとキスをする。

「嬉しかった……。小春が俺からの絵葉書を大切にしてくれてたんだってわかって。それに、あんな立派なホルダーに挟んで、いつでも見られるようにしてるなんて、特別に想われてると期待するだろう」

それは、間違いではない。

颯都がくれる絵葉書は、小春にとっても彼と繋《つな》がっていられる大切なものだった。

「嬉しくて堪《たま》らなくなって、コーヒー中断させておまえを襲いに行ったくらいだ」

「あ、あのときの……」

小春はハッと思い出す。『……あんなもの見せられたら……我慢できるわけないだろう……』と言って、彼が迫ってきた。

あれは、小春が絵葉書を大切にしていたと知ったからだったのか。

「もしかしてさ小春、今年の春先に、恒例の絵葉書が届かなかったこと、気にしてた?」

「……してた」

小春が素直に言うと、颯都は満足げに彼女の頭を撫でる。

彼が喜んでくれるなら、素直に言ってしまうのもいいものだと思えた。

「小春に送ってた絵葉書の写真ってさ、エリカの婚約者の作品なんだ」

「そうなの?」

「小物や食べ物なんか、日常的なものを凄く優しい雰囲気でファインダーに収める写真家で、小春のイメージに合ってると思った。年に二回、彼の写真が絵葉書にされていて。出回る前に、気に入ったものを一枚もらって送っていた」

「凄く特別なものだったんだね……」

「今年の春先は、彼も日本に行く準備で忙しくて、絵葉書の完成が遅れたんだ。でも、代わりに違うものを送ったぞ」

「私に？」

「いつもの時期と、ちょうどチャペルの打ち合わせが始まる前と、つい最近と」

「え？　え？　三回？　知らないよ……。颯都から葉書なんて来てない」

小春は慌てて弁解しつつ、確認していない郵便物があっただろうかと思考をめぐらせる。

しかし会社でも家でも、受け取ったものは全て確認している。颯都から絵葉書の他に届いたものなどないはずだ。

「いや、届いていないはずはないぞ。三回とも会社の住所に出してるし、こう、蔦《つた》の模様が四方に入った、ちょっと洒落《しゃれ》た封筒、届いてなかったか？」

「蔦の模様……」

少し考えた小春は、ハッと思い出す。

ヘッドハンティングをしてきた会社の封筒が、確かそんな模様ではなかったか。

「え……でも、あれって……。え、じゃあ、なに？　私に引き抜きをかけてきてたのって、颯都だったの？」

「そっ。連絡を寄こせばすぐに種明かしをしてやったのに。冷たいな、おまえ」

「だって……、そんなのわからないわよ。『ＰＰデザイン』って、聞いたことのない会社名だったし」

「それ、俺の事務所の名前」

「い、一之瀬颯都デザイン事務所じゃないの？　大体〝ＰＰ〟なんて、イニシャルのどこにもかぶってないじゃない」

「正式名はちゃんと考えてあるって、以前言っただろう」

颯都は小春の身体から腕を離し、呆然とする彼女を残してベッドを出る。脱ぎ捨てたスーツの上着を手に取ると、ポケットに入っていた名刺入れから一枚取って、またベッドへ戻ってきた。

「ほら。新しい名刺。社名もちゃんと入ってるぞ」

小春は目を大きくして、渡された名刺を凝視した。

その名刺には、颯都の名前と一緒に、彼の事務所の正式名称が入っていた。

【Piccola《ピッコラ》 Primavera《プリマヴェーラ》　一之瀬颯都デザイン事務所】

なんとなく覚えのある単語なのだが、すぐに思い出せない。

「三回目に出したときは、小春にこっぴどく突き放されたあとだったし、もう、最後の賭けみたいな感じだったな」

「こっぴどく、とか言わないでよ」

言い返してから、小春は再度名刺をじっと見る。

信じられない。まさかあのヘッドハンティングが颯都からだったなんて。

ならば彼は、日本で事務所を立ち上げるときから、小春を自分のもとに置こうと考えていてくれたということ？

「で、どうでしょう、加納先生。決心してくれますか？」

仰向けになったまま、小春は名刺を両手で持ち、しげしげと眺める。その小春に、颯都の気取った声がかかった。

彼は隣で上半身を起こして小春を見ている。真面目な顔で微笑んではいるが、その顔は断られるはずがないという自信に満ち溢《あふ》れているように感じた。

颯都からの誘いはもちろん嬉しい。だが、すでに会社へ退職届は出したとはいえ、すぐに颯都の事務所へ移るというのも不義理ではないだろうか。

「心配しなくても蘆田とのつきあいはずっと続くし、蘆田から委託って形で仕事も回ってくるはずだ。小春が蘆田デザインの仕事をできなくなるわけじゃない」

「でも……」

「それに、今回のチャペルの仕事、エリカの結婚祝いだって、ものすごく契約料値切られたんだよ。だから代わりに、この仕事が終わったらコーディネーターを一人もらっていくって、あらかじめ父さんに宣言してある」

「ええっ!?」

「もろもろの経費を考えたら、しょっぱなから赤字でさ。……だからぁ、有能なコーディネーター、ほしいなぁ……」

わざと悲愴な声を出し、颯都はチラリと小春を見る。

彼と仕事はしたい。けれどここですぐ返事をしてもいいものだろうか。

戸惑う小春を見て、颯都はちょっと困ったように笑う。

「それに、小春がいないと、この事務所をあの名前にした意味がない」

「え?　PPって名前のこと」

小春がもっていた名刺を颯都が覗《のぞ》き込み、社名を指さした。

「Piccola《ピッコラ》 Primavera《プリマヴェーラ》がどういう意味かわかるか?」

「……プリマヴェーラは、確か……、春、じゃなかったっけ?」

「そう。ピッコラは〝ちいさな〟。つまり、Piccola《ピッコラ》 Primavera《プリマヴェーラ》は『小さな春』――小春、だ」

小春は息を詰め、目を見開く。颯都はにこりと微笑んだ。

「絶対、この名前をつけようって決めてた。小春と一緒に、人を笑顔にする仕事をしていきたい。おまえの名前も、一緒に入れたかったんだ」

「……颯都」

「雇用、っていうんじゃない。一緒に仕事をするんだ。おまえは、俺のパートナーだろう?」

颯都を見つめたまま、小春が身体を起こす。上掛けがはらりと落ちて胸が露《あら》わになってしまうが、それを気にする余裕はなかった。

「小春、仕事だけじゃない。これからずっと、俺だけのパートナーになってほしい」

颯都が小春の身体に腕を回し、ふわりと彼女を抱きしめた。そして、彼女の耳元で幸せな言葉を囁《ささや》く。

「――結婚しよう」

幸せな言葉に息が止まる。愛しい腕に包まれ、小春も両腕を颯都の背中に回した。

「うん!」

嬉しくて返事に泣き声が混じる。

幸せな笑みを浮かべ、二人の唇が重なった。

エピローグ

——六月末。

チャペルホール・フェリーチェで、新装後初の結婚式が行われた。

エリカと、イタリア人写真家との結婚式だ。

晴天に恵まれた今日は、絶好の結婚式日和《びより》。

招待されたのが身内だけとはいえ、披露宴は非常に盛り上がった。

そして、新郎新婦が最後のお色直しのために退場している際、なぜか小春はエリカに呼ばれて、ブライズルームを訪れた。

「失礼します。エリカさん、加納です」

ドアを開けると、室内にはエリカが一人。すでに着替えは済んでいて、窓辺に立って小春を迎えてくれた。

彼女はオレンジに黒いレースをふんだんに施《ほどこ》した、ワンショルダーのドレスを着ている。

エリカの上品なイメージからすると、やや意外にも思うが、最高の幸せの中で輝いている今日の彼女には、とても似合っているような気がした。

「綺麗ですね、エリカさん。とても素敵」

思ったままを口にすると、エリカは嬉しそうに微笑んだ。

「ありがとうございます。小春さんにそう言っていただけると、嬉しいです」

自分がまとうドレスを眺め、エリカが恥ずかしそうにはにかむ。

「彼が選んでくれたんです。でも……デザインが自分に似合わない気がして、少し自信がなかったの。だけど……」

自分の前で立ち止まった小春を見て、エリカは室内に視線を向けた。

「この部屋にいたら、不思議と自信がついた……」

「自信、ですか？」

「ええ。今日は、どんなに冒険をしても、どんなに幸せを望んでもいい日なんだって、自然と思えたんです」

エリカは視線を小春に戻し、ニコリと微笑んだ。

「ここにいると、とても落ち着いて幸せな気持ちになれる。ありがとうございます、小春さん。本当に、素敵なお部屋、素晴らしい空間だと、身をもって実感しました」

――その笑顔に、心を射抜かれる……

小春の心が原点にかえったかのように、大きな感動が彼女を包んだ。

これだ……

関わった人たちに、こんな笑顔になってもらいたくて自分はこの仕事をしている。

感動で言葉が出なくなった小春に、エリカは白いブーケを差し出した。

「これ、受け取ってもらえますか？」

「え？」

それは、挙式のときに彼女が持っていたブーケだ。

「でも、最後に、ブーケトスをするんですよね？」

「それ用に違うものを用意しています。これは、挙式のブーケは、小春さんに受け取ってほしいんです。こんな素晴らしいお部屋をコーディネートしてくれた方に、感謝を込めて」

「エリカさん……」

エリカが小春の手にブーケを持たせる。

ブーケを手に微笑んだ小春に、エリカはちょっと悪戯《いたずら》っぽく笑って人差し指を立てた。

「それに……、次に花嫁さんになるのは、小春さんだもの」

「エッ、エリカさんっ」

照れる小春を見て、エリカがクスクスと笑う。「ありがとうございます」とブーケを胸に抱き、小春は心が温かくなった。

この仕事をしてよかった……

小春は、改めてそう実感するのだった。


盛り上がるあまり、披露宴は予定時間を三十分以上超過してのお開きとなった。

着替えを終え、新郎新婦はいち早く提携するホテルへと移動する。

今夜はそこのスイートルームで過ごし、明日、新婚旅行に旅立つのだそうだ。

招待客が引き上げる中、小春は再びブライズルームに立っていた。

ぐるりと室内を見回し、この部屋でエリカが幸せそうに笑っていたのを思い出す。

自分が作り上げた空間の中で誰かが幸せそうに笑ってくれる——なんて、幸せなことだろう。

「やっぱり、ここにいたんだな」

背後から声がかかり、振り向いた。開きっぱなしにしていたドアから颯都が入ってくる。

今日の颯都はブラックフォーマル姿だ。相変わらず恰好いいなと思ってしまう。しかし本人はスーツが苦しいらしく、式が終わって早々にネクタイを緩《ゆる》めていた。

「姿が見えなかったから、きっと、担当した場所を見て回ってるんだろうって思ってた」

「ごめんね。どうしても見て回りたくて……。今日、そこで笑っていた人たちを思い出すと、嬉しくなるの」

「わかるよ」

小春の横に立ち、颯都は彼女の頭を抱き寄せる。そして、そのひたいにチュッとキスをした。

「小春はもうすぐこの部屋で笑顔を見せる側になるんだから、シミュレーションしておくのはいいことだ」

その言葉に頬が熱くなる。今秋、小春は颯都とこのチャペルで挙式をすることが決まっていた。

そして、結婚後正式に颯都の事務所へ移り、公私ともに彼のパートナーになるのだ。

小春は手に持っている花嫁のブーケを颯都に掲《かか》げて見せた。

「エリカさんにもらっちゃった」

「次は小春の番だし、いいだろ。でも、小春のときはもっとでっかいブーケを特注してやるからな」

「あんまり重たいのはイヤよ」

そう言って、小春は軽やかな笑い声を上げる。そして、颯都に身を寄せ、ぴったりとくっついた。

「でも、颯都が選んでくれるなら、どんなのでもいいよ」

「小春は、ほんとに素直になったたな。たまに、俺のほうが照れる」

「なーに？　素直になれってうるさかったのは颯都でしょう？」

「そうだけど。今の素直さ、小学校くらいのときのおまえに分けてやりたいな」

「やめてよ。意地っ張り絶好調のときじゃない」

「あのときはあのときで可愛かったぞ。それに……あのことがなかったら、今みたいな関係になってなかったかもしれないしな」

どこか過去を懐かしむような言葉を聞いて、小春は首を傾《かし》げる。

「どういうこと？　そんな特別なことがあった記憶、ないんだけど……」

今みたいな関係になってなかったなんて、さすがに聞き捨てならない。

「俺が、小春に認めてもらいたいというか、頼ってもらえる人間になりたいって思った一番の出来事だったたな……。頼ってもらうっていうのは、人間的に認めてもらうってことだろう？」

「そうだけど……」

「小学校六年のときの男女対抗リレー、覚えてるか？　俺が男子のアンカーで、小春が女子のアンカーだった」

「対抗リレー……。運動会の……」

脳裏によみがえる、小学校六年生の運動会。確か六年生の男女対抗リレーは、毎年凄く盛り上がっていたと記憶している。

そうだ……あのとき、練習では勝敗は五分五分。実力は互角で、必然的に勝負はアンカーである二人にかかっていたのだ。

本番。アンカーにバトンが渡ったのはほぼ同時。まさにアンカー勝負だった。

「勝ったのは、わずかの差で、小春だった。けどおまえは、勝負のあと俺を物陰に引っ張っていって、泣きながら怒ったんだ。——どうして手を抜いたんだ、って」

ハッキリ思い出した。あの勝負、颯都に負ける——そう確信した。

しかし……、結果は、小春の勝ちだった。

土壇場《どたんば》で颯都が手を抜いたと、すぐにわかった……

「途中で、俺は勝ちを確信した。けど、必死に走っていた小春が一瞬泣きそうな顔をしたのを見て、心が動いた。……小春が凄く期待をかけられていたことを知っていたし、ここで勝たせてやれば、小春が喜んでくれるんじゃないかって……」

「それで颯都は、勝ちを譲ってくれたんだね……」

「考えてみれば、小学生の運動会とはいえ、やってるほうは真剣だ。真剣勝負に対する想いは、子どもだって大人だって同じだよな。そんな場面で手を抜いたんだから、おまえが泣きながら怒るのは当然だった」

「うん……」

『どうして手を抜いた!? 私を馬鹿にしてるの!? ふざけないで、真剣にやらなくちゃならない場面で本気になれないやつなんて、信用できない!』

そんなことを言った覚えがある。

今になって思えば、颯都は良かれと思ってやったこと。しかしそれは、真剣勝負をしようとしていた小春を傷つけた。

「本気で、おまえに立ち向かわなくちゃ駄目なんだって、そのときに思ったんだ」

颯都が小春を見る。彼と視線を合わせ、小春は彼が信念にしていた想いを聞く。

「妥協でも情けでもない、本気で向き合わなきゃ、小春は俺を認めてくれないだろう。だからいつも本気だった。認めてもらって、男として小春に頼ってもらえるようになろうって。そうしたら小春も意地になるから、いっつも競い合ってるような雰囲気になって告白どころじゃなくなったけどな」

「そのときのことがあったから、今の私たちがあるんだね」

「ああ。あのとき真剣にぶつかってきた小春がいたから、今みたいな素晴らしい関係を築けたんだと思ってる。途中はほんと、馬鹿みたいに素直じゃなかったけどな」

「馬鹿みたいに素直じゃないとか、酷《ひど》い言いかたね。お互いさまじゃない」

クスクス笑う小春の身体に腕を回し、颯都が耳元へ囁《ささや》く。

「確かにな。俺も、素直に告白できなかったんだから、おあいこだな」

お互いに見つめ合い、自然と唇を寄せた。

「素直な気持ち……聞かせて。颯都……」

唇が触れる。軽く離れた隙間から、幸せが零《こぼ》れ出した。

「愛してるよ。小春」

「――私も……愛してる……。ずっと、前から……」

偽りのない言葉が、二人の心を温かくしていく。

窓から射し込むまばゆい光が、くちづけを交わす二人を、優しく包みこんでいた。

言葉にできない……

颯都が大学卒業間近の寒い夜——

十二年間想い続けた小春と、初めて肌を重ねた。

甘えるように鼻を鳴らし、ベッドの上で脱力する小春は、忙《せわ》しなく胸を上下させる。

そんな彼女に再び熱情を煽《あお》られながら、颯都はそっと声をかけた。

「大丈夫か、カノ……」

本当は『小春』と呼びたかった。先程の行為の最中、衝動的にその名を呼んだとき、自分でも驚くほど感情が昂《たかぶ》った。

「ンッ……ぁ、……ハァ……ぁ」

小春は、『一之瀬』と呼ぼうとしたのだろう。だが、唇はそのとおりに動いても、声が上手《うま》く出ないようだった。

ピンク色に染まった頬とうるんだ瞳。初めて見る彼女の表情が、颯都の感情を高めていく。

「カノ……」

出会った頃から心を掴《つか》んで離さない小春。

やっとひとつになれたことに、颯都がどれだけ感動しているか……彼女はわかっているだろうか。

颯都は両腕いっぱいに愛しい彼女を抱きしめる。すると、小春の両腕が、ゆっくりと背中に回ってきた。

「いちの……せぇ……」

すがるような甘い声。

いつもはムキになって意地を張る小春が、こんなにも自分を求めてくれている。

──彼女はきっと、自分の気持ちをわかってくれたに違いない。そう確信した。

腐れ縁ゆえに、ずっとライバル関係だった二人。

そんな関係を、きっとこれから違う方向へ変えていける。

小春を抱きしめながら、颯都はその思いを強めた。

だが、そう思えば思うほど、小春にイタリア行きのことを言えなくなってしまったのである。

せっかく彼女といい関係を築いていけそうなのに、離れ離れになってしまう。

日本を離れることを伝えて、もし彼女が泣いてしまったら……。それどころか、『平気だよ。大丈夫』と強がって、気持ちを封じ込めてしまったら……？

きっと自分は、彼女のそばを離れられなくなってしまう。

（大丈夫……。カノなら、きっとわかってくれる。俺たちは、誰よりもお互いのことを理解し合ってるんだから……。離れていたって、大丈夫だ）

二人の繋《つな》がりを信じ、颯都は、小春になにも告げずに日本を離れた。

（絶対、おまえに認めてもらえる男に……頼ってもらえる男になって戻ってくるから）

強い決心を胸に臨《のぞ》んだ渡伊。

イタリアにいるあいだ、常に颯都の心にあったのは、自分を待っていてくれる小春の存在だった。

どんなに辛いことがあっても、彼女も日本で頑張っているんだと思えば頑張れる。

会いたくて会いたくて、どうしようもないときもあったけれど、彼女が送ってくれる絵葉書がいつも颯都を励《はげ》ましてくれた。

会いたい気持ちは小春も同じ。なら自分だけが弱音を吐いてなどいられない。

がむしゃらに頑張った颯都は、やがて仕事を次々に成功させ、その名を周囲に知らしめた。

日本でも徐々に、イタリアで活躍する新進気鋭の若手インテリアデザイナーとして、メディアに取り上げられる機会が増えていく。

自分の活躍を、小春は見てくれているだろうか。それを信じて、颯都は一心不乱に自分のスキルを磨き続けたのである。

——そうして五年後。

颯都は帰国し、日本に個人事務所を立ち上げた。

すぐにでも小春に会いたかったが、仕事と生活環境を整えるのと、帰国第一弾の仕事であるチャペル改装の打ち合わせに追われ時間が作れなかった。

「チャペルのあとは、まあ、いろいろと話はもらってるよ。……あー、わかってる。蘆田の仕事もちゃんとやるよ、父さん」

電話の相手は、蘆田デザイン社長——颯都の父親だ。

「チャペルの仕事はご祝儀価格でだいぶ持ってかれたから、これからはガッツリ稼《かせ》がないとな。いい仕事回してくれよ。……ああ、大丈夫だよ。……一人じゃないからな……」

父親との電話を終え、颯都は自分が口にした言葉の余韻に浸《ひた》る。

——一人じゃないからな……

「一人に……しないでくれよ……？」

目を向けたデスクの上には、一通の封書。宛名には小春の名前が入っている。

それは、小春を自分の事務所へ引き抜くための手紙だった。

彼女のインテリアコーディネーターとしての腕を買ったのはもちろんだが、彼女と一緒に仕事がしたい。ずっと一緒にいたい。それが本音だった。

独立するときは、絶対に小春を引き抜こうと決めていた。

「いつもの葉書じゃなくて、こんな手紙を送ったって知ったら、驚くだろうな」

——もうっ、なんなのよっ。びっくりするじゃない、馬鹿っ！

そうムキになって言いつつ、嬉しそうな笑みを向けてくれる小春の顔が想像できる。

きっと彼女は、いつもの絵葉書が届かないことを気にしているだろうから。

「……あいつ意地っ張りだからな……。気になってても、絶対自分からは連絡してこないだろうし」

ちょっと拗《す》ねた小春の表情を思い、颯都はクスクスと笑う。封書を手に、そこに書かれた彼女の名前を見つめた。

「早く、会いたいな……」

小春は笑顔で『おかえり』と言ってくれるだろうか。再会を喜んでくれるだろうか。

「待ってろ。今度こそ、離さないからな」

封筒にチュッとキスをして、颯都は彼女との再会に思いを馳《は》せる。

小春に会える。愛しい彼女に。

颯都の脳裏に浮かぶのは、五年前の小春の姿だ。

元気で、一生懸命で、意地っ張りだけど笑顔のかわいい小春。

しかし、五年ぶりに再会した彼女は、颯都が記憶していた姿とまったく違っていた……

生き生きとものごとに打ち込む姿は変わらない。だが、真摯に仕事と向き合いキラキラと輝いている小春は、ただかわいらしいだけではなかった。

彼女は、とても綺麗な大人の女性に変わっていたのだ。

五年という月日が起こした変化。自分が戻るのを待っていてくれただろうという颯都の自信は、そのとき大きく揺らいだ。

もしかしたら、自分がいないあいだに、小春をこんなに美しく変えてしまえる存在が、近くにいたのでは……。そんなことが気になり始める。

だがその心配は杞憂《きゆう》に終わった。

彼女はこの五年間、誰ともつきあわず、自分以外の男と身体の関係を持ってもいなかったのだ。

そして小春が、毎日どれだけの時間を仕事に費《つい》やしているか、この五年どれだけ仕事に打ち込んできたかを知った。

五年前に確かめ合った気持ちが揺らいでいないのは、小春も同じ。その想いが、颯人の胸をどうしようもなく熱くする。

だが、そう思った直後、小春の言葉に大きなショックを受けることになった。

「相変わらず仲間思いだな、って意味」

同僚の寺尾美波との問題で悩む小春を元気づけた際、何気なく彼女が口にした言葉は……

——仲間……

自分はまだ、小春にとって腐れ縁のライバル、その域を超えることができていないのか。

それを思い知らされ、颯都は感情が昂《たかぶ》るまま小春を抱いた。

どれだけ自分が彼女を想っているか、どれだけ強く求めているかをわかってもらいたくて。

（カノが欲しい……。心も、身体も……、カノの全部が……）

切実に小春だけを求め、求めすぎるくらいに求めて……

それでも——

「先生の……お仕事のお手伝いができて、本当に光栄でした」

結局、小春に颯都の愛情は届かなかった。

それどころか、彼女は彼との〝これから〟も拒絶した。

（カノ……！）

五年前、心が通じ合ったと感じたのは、自分だけだったのか。

いつまで経っても、小春にとって颯都は腐れ縁のライバルで、同じ分野の仕事をしている仲間、同業者くらいにしか思われていないのか。

それを理解した瞬間、立ち上がれないほどのショックを受けた。

彼女の視線は、まっすぐ颯都に向けられていた。颯都に抱かれているときも、彼女は自分と同じ想いでいるとハッキリ確信できたのに。

（カノの気持ちが、わからない……）

こんなことは、長いつきあいの中で初めてだった。


ショックが大きすぎて、颯都はなかなかチャペルの完成式典の打ち合わせに身が入らなかった。

きちんとしなくてはいけない。これから日本で仕事をしていくためにも、大切な式典なのだ。

そう頭ではわかっていても、すぐに気持ちが切り替えられない。

完成を一緒に喜びたかった小春は、おそらく式典には来ないだろう。

それを思うと、気持ちは沈む一方だ。

颯都は今日何度めかわからないため息を零《こぼ》し、事務所のデスクに載った封筒を見つめた。

一向に小春からの反応がないので、もう一度出そうと用意したヘッドハンティングの手紙。

「カノ……」

彼女に対して、次の行動を考えあぐねている自分に、不甲斐なさを感じる。

五年前のあの日、二人のあいだには、なにがあっても信じ合える絆《きずな》が生まれたと確信した。

互いの気持ちが確かに通じ合ったと信じていた。

だが実際は、なにも伝わっていなかったのだと思い知らされる。

「どうしたらいいんだろうな……」

マンションの部屋にこもり、颯都は誰にともなく呟《つぶや》いた。

そのとき、ドアチャイムの音が部屋に響く。

――もしかしたら小春が来たのではないだろうか？

まさかとは思いつつも、颯都は急いで玄関へ向かった。

ドアミラーで相手を確認するのももどかしく、勢いよくドアを開く。すると、そこにはキョトンとした顔で、妹のエリカが立っていた。

「なんだ、エリカか……」

颯都はドアを大きく開けたまま、ガックリと項垂《うなだ》れる。見るからに落胆した様子の彼に、エリカが綺麗な顔をしかめた。

彼女はツンッと顔を背け、颯都を押しのけてスタスタと部屋に入ってくる。

「不用心ですね。相手も確かめずにドアを開けるなんて」

確かに、外国生活が長い颯都には考えられないことだ。エリカは文句を言ったあとにクルリと振り返り、ちょっとからかうような顔をした。

「それとも、小春さんが来たとでも思ったのかしら？」

図星を指されてムッとするが、颯都は苛立ちを顔に出さぬよう、軽く咳払いして誤魔化す。

「なんの用だ。今日はデートじゃないのか？」

「彼は仕事で忙しいんですって。今日は、颯都さんに相談があるの」

「相談？」

「ええ。月末の結婚式に、小春さんにも出席してもらえないかと思って」

小春の名前を聞いただけで、颯都の胸が苦しくなる。そんな彼に気づくことなく、エリカは嬉しそうに話を進めた。

「お式は親族だけって決めていたけれど、小春さんにはぜひ出席していただきたいって思うの。だって、颯都さんのパートナーですもの。親族みたいなものでしょう？」

「……ああ……、そうだな……」

パートナーという言葉が心に痛い。

今では、小春と気持ちが通じ合っていると考えていたこと自体、独りよがりの思い込みだったのではないかと感じる。

「小春さんって、本当に素敵な女性ね。仕事はできるし、人当たりが良くて気遣い上手で。イタリアにいるとき、いつも颯都さんが小春さんを褒《ほ》めちぎっていたけれど、その気持ちがわかるわ」

「そうか？」

「ええ。だからこそ、颯都さんは、なんて馬鹿なことをしたんだろうって思ってしまうの」

「なんだ？　馬鹿なことって」

「だって、あんな素敵な女性を、五年も放っておいたんでしょう？　誰かに取られちゃうとか考えたりしなかったの？」

離れているあいだ、彼女が誰かに取られるなんて、考えたこともなかった。

離れていても、心は繋《つな》がっていると思っていたから。

だが、小春はどうだろう……

颯都をそういう相手と思っていなかったのなら、誰かと愛し合っていたっておかしくなかったかもしれない。

　無言になった颯都の様子に気づいたのだろう。エリカが彼の顔を覗《のぞ》き込んできた。

「ごめんなさい……。もしかして、気にしました？」

「いや。……今頃になって、そんな可能性もあったんだなって、思って……」

「どうしたんです？　いつもの颯都さんなら『そんなわけないだろう』って笑い飛ばしそうなのに……。なんだか、小春さんといい、颯都さんといい、様子がおかしいわ」

　ちょっと慌てるエリカの言葉を、颯都が聞きとがめる。

「……カノが、おかしかったって？」

「ええ。このあいだ会社で会ったとき、少し元気がなかったみたい。そういえば、そのときイタリアで颯都さんと暮らしていたのかって聞かれたけど」

「……誰かに聞いたのかな」

「え？　颯都さんが話したんじゃないの？　私、てっきり颯都さんがもう、小春さんにイタリアにいるあいだのことを全部話しているものだとばかり……」

　エリカはそこで言葉を止め、怪訝《けげん》そうに眉を寄せた。

「まさかと思うけれど……小春さんに、なにも話していないの……？」

「なにもって……」

「私のことや家庭の事情についてとか、颯都さんの……気持ちとか」

颯都は咄嗟《とっさ》にエリカに背を向け、片手で口をふさいだ。

押さえなければ、叫んでしまいそうだった。

（なんてことだ……！）

なんという失態だろう。

冷や汗とともに、全身から血の気が引いていく。

颯都の脳裏に、涙を浮かべて辛そうにうつむく小春の姿が浮かんだ。

（俺は今まで……カノになにも、伝えていない……）

五年前、想いが通じ合ったと心から思ったあの日でさえ。

たった一言の大事な言葉を、小春に伝えていなかった。

——好きだ、と。

あまつさえ、イタリアでの生活も、なぜエリカの保護者として暮らしていたかということもだ。

もしなにも知らないまま、小春がイタリアでのことを聞いたとしたら……

そこでようやく、なぜ小春が、颯都に対してあんな態度をとったかを理解した。

「……だから、おまえは……」

とんでもない誤解だ。

だが、その原因を作ったのは、誰でもない自分自身ではないか。

なにも言わなくても、自分の気持ちをわかってくれている――そんな驕《おご》りが、曖昧《あいまい》な態度となって小春を傷つけていた。

「……小春……」

颯都は強くこぶしを握り、誰よりも愛しい者の名前を呟《つぶや》く。

自分の気持ちを高めてくれる名前。そして、自分を幸せにしてくれる名前。

(誰より愛しい……俺の……)

「小春……」

ハッキリと、言葉で伝えなくてはいけなかった。

「エリカ」

「え？　はい」

今までの態度とは打って変わり、颯都が毅然《きぜん》とした声を発した。その変化に、エリカは目をぱちくりとさせつつも背筋を伸ばす。

「カノの招待状を用意してくれ」

「え……ええ」

最初は戸惑う素振りを見せたエリカが、ホッとした声を出す。

「すぐに用意するわ。……でも、小春さんは来てくれるかしら……」

ほんの少し不安を覗《のぞ》かせるエリカに、颯都は自信ありげに笑ってみせた。

「大丈夫。カノは、人を笑顔にするために仕事をしているんだ。自分の手がけたチャペルで、エリカの笑顔を見たくないはずがないだろう」

その言葉に、エリカが嬉しそうに笑う。

この顔を小春にも見せてやりたい……そう考えながら、颯都は大切なことを思い出した。

(俺が……一番笑顔にしたかったのは……誰だった？)

迷うまでもなく、すぐに小春の顔が浮かぶ。

心から笑顔にしてやりたい。誰よりも幸せにしてやりたいと思ったのは——小春だ。

昔、二人で見た結婚式。

そのとき、花嫁が浮かべていた、世界中の幸せを一身に受けたような満面の笑み。

そんな顔をさせてやりたいと思ったのは、後にも先にも小春だけだ。

なのに自分は、誰より大切な相手を、ずっと傷つけていた。

——言葉にしないと、なにも伝わらないのに……

颯都は、ある決意とともに、完成式典のスピーチ原稿に取りかかった。

あっという間に仕上がったそれを読み返し、ふっと息を吐く。

「絶対に、振り向かせてみせる」

思い出のチャペル……そこで、想いの全てを伝えよう。彼女を再び笑顔にするために。

そんな、強い想いを胸に、颯都は完成式典に臨《のぞ》んだのだった――

「――と……、はやとっ！」

強く呼びかけられてハッとする。

顔を上げると、コーヒーのマグカップをふたつ持った小春がクスクスと笑っていた。

「どうしたの？　なんか、ボーッとしてたよ。考え事？」

「あ……うん」

目の前で笑っている小春が、なんだか夢のように思えてしまい、颯都は目を細める。

（きっと、昔のことを思い出していたからだな……）

あのときの、もどかしく苦しかったことを思えば、今、こうして二人寄り添っていられることを奇跡みたいに感じる。

小春からマグカップを受け取り、颯都は軽くウインクしてみせた。

「小春のことを考えてた。昨夜の小春、いつにも増してかわいかったなって」

その意味を正しく受け取った小春の頬が、ポッとピンク色に染まる。

「もうっ、仕事中でしょっ……！」

「今は休憩中なんだから、なにを考えててもいいだろう」

そう言いながら、颯都は椅子ごと小春のほうを向き、彼女の腰を引き寄せた。

「きゃっ……コーヒー、零《こぼ》れっ……」

慌てる彼女からカップを取り上げデスクに置くと、膝に座らせる。

「やっぱりいいなぁ、仕事場が一緒って。いつでも目の届く距離に小春がいる。そう思わないか？」

ちょっと拗《す》ねた顔をしていた小春が、すぐにかわいい顔ではにかんだ。

「思う……」

「素直でよろしい」

気取った口調で言って小春の唇にチュッとキスをする。そのままぎゅっと抱きしめると、小春も抱きしめ返してきた。

颯都は、小春と一緒に、胸を満たす幸せを抱きしめる。

「愛してるよ。小春」

素直な気持ちを、言葉にして……

書き下ろし番外編

新しい春

颯都と小春が結婚して三年。

ＰＰデザインもすっかり軌道にのり、従業員も増えて仕事は順調。

仕事のパートナーとして、夫婦として、二人は最高の関係を築いていた。

「どっちかっていうと、颯都さんのほうが昔以上にベタ惚れでしょう～？」

颯都の妹であるエリカが、からかってくることもしばしば。

そんなときの小春は「そうかなぁ、そんなに変わらないよ？」と答え、程なくして
「……昔以上……かも」と照れてしまう。

愛する妻が照れながら惚気《のろけ》る姿なんて、滅多に見られるものではない。愛しさのあまり卒倒しそうになりながらも、颯都は心で叫ぶのだ。

（小春も、昔以上にかわいいぞ！）

二人の夫婦関係は、これからも変わらず、むしろもっとよくなって続いていくと確信せずにはいられない毎日。

だったのだが……

「小春、食べないのか？」

颯都が声をかけると、小春はハッと顔を上げる。二人が住むマンションのリビングでは、颯都がお土産《みやげ》に買ってきたフルーツタルトを前に夕食後のくつろぎタイムだ。

いつもならばお互い仕事の話で大いに盛り上がる時間……なのだが、小春の様子がどうもおかしい。

口数が少ないうえ、どことなく元気もない。フルーツタルトもオレンジを摘《つ》まんだくらいで、まったく食が進まない。

小春は夕食にもあまり手をつけなかった。疲れているのかと感じ、それなら甘いものでも食べてみるかと早々にタルトを出したのだが……

「食欲ないのか？」

「うん……なんか。……食べられると思ったんだけど、ちょっと無理みたい」

疲れて食欲がないというより、体調そのものが悪いのかもしれない。先日完治したと思っていた風邪は、もしかしたら治りきっていなかったのだろうか。

「風呂に入って早めに休め。大きな案件が終わったばかりだし、疲れが出たのかもしれないし」

「うん、そうする。ごめんね」

いそいそと立ち上がり、小春はバスルームへ向かう。いつもならば「一人で入るとか寂しいこと言うな！」と言いつつ突撃していくところだが、さすがに今夜は控えた。

(少し安静にしていれば、元気になるだろう)

そう考えていた颯都だったが――

その後、数日経っても小春の様子はあまりよくならない。

ときどきは元気なのだが、ぐったりしていることのほうが多い気がする。

そしてなにより気にかかるのが、どことなくよそよそしい態度をとられることだ。

「あの……颯都……」

声をかけてくるのでなにかと思えば、なにかを言いたそうにしながらも「やっぱりいい……」と立ち去ってしまう。

相変わらず、食欲もあまりない様子。

体調が悪いようなので、夜も迂闊《うかつ》に手を出せない。キスくらいは受け入れてくれるが、小春も身体に触られるのはいやなようで、早々に逃げてしまう。

……身体に触られるのが嫌だということは……

(俺に触られたくない、ってことなのか、小春！)

強烈なショックが颯都を襲う。これはゆゆしき問題ではないか。

もしや小春は体調が悪くてよそよそしいのではなく、颯都に触られるのを避けたくてよそよそしいのではないか。

イタリア時代に苦労したこともあって、颯都の思考回路は辛いときこそポジティブになる。

しかしそれも、小春のこととなると話は別だ。

彼の頭の中では、気づかないうちに小春が嫌がることをしていたのだろうかという、自分の行いに対する原因探しが始まっていた。

小春がやりたがった仕事を、他の案件が詰まっている状態なんだから駄目だと言って自分が受けてしまったからだろうか。

使いたがっていたフランス製の壁紙、仕入れを待たせているうちに価格が高騰してクライアントの予算に合わなくなったから、泣く泣く諦めさせたせいだろうか。

春だから、って理由にならない理由をつけて、休暇のあいだ抱きまくったから呆れたんだろうか。

……これは休暇に限らずいつものことなので、ひとまず候補から外す。

抱きまくったといえば、仕事でイタリアに行ったとき、古巣の懐かしさに浮かれて避妊具を使うのを忘れたことがあった。それでまだ怒ってる、とか。

いや、それよりも、世間一般的に恨みが一番怖いといわれている食べ物関係かもしれない。

小春が楽しみに取っておいたものを、食べてしまったことがあっただろうか。

……一人で考えていても埒《らち》が明かない。颯都はてっとり早く小春の気持ちを把握していそうな人物に相談を持ちかけた。

「え？　単に颯都さんが飽きられただけでは？」

――バッサリと切り捨てられすぎていて、助言になっていない……

「颯都さんって昔から独りよがりなところがあるし、小春さんも、いい加減そういうところに嫌気がさしたのでは？」

失礼にも思えることをズケズケ言ってしまうのは、エリカである。

ちょうど会社に差し入れを持ってきてくれたのだが、お目当ての小春は外出中で「颯都さんの顔が見たいんじゃないのに～」と拗《す》ねるので、その大好きな小春のことで相談があると言って話をしてみた。

ミーティング室に移動したので声が漏《も》れることはないが、大きなドアはガラス仕様になっている。オープンなオフィスとして社員には好評だが、今ばかりはこんなデザインにしてしまった自分を恨んだ。

オフィスに丸見えな分、取り乱すこともできない。

イタリアにいた当時同居していたこともあって、エリカは颯都がその頃から小春一筋だったことを知っている。

独りよがりで突っ走ってしまった姿も見られているので、失礼だと感じても文句の言いようがないのだ。

「まぁ、仕方がないのかな……。結婚後の奇数年って、いろいろ夫婦の危機が起こりやすいようだし」

本気なのかからかっているだけなのか。エリカは同情に満ちた様子で言い放つ。

結婚三年目ならエリカのところも同じなのだが、言い返しでもしようものなら、彼女の目の前に置かれた熱々のティーポットを投げつけられそうだ。

だが、エリカの意見を取り入れるなら、小春は颯都に飽きて愛想を尽かしているということなのだろうか。

なにかを言いかけてやめるという仕草の理由は、もしや離婚を切り出したがっているとか……

（そんなはずないよな、小春……）

自分でもみっともないと思うくらい、ガクッと肩が下がってしまった。力が抜けて、このまま椅子から滑り落ちるのではないかと思うくらいだ。

「颯都さん？」

さすがにエリカも言いすぎたと感じたのだろう。彼がどれだけ小春を好きなのか、何年も惚気《のろけ》を聞かされ続けた彼女は嫌という程知っているのだ。

エリカは椅子ごと颯都の前に移動すると、両手を胸の前で握りしめて、頑張れ、のポーズを作る。

「もぅ、小春さんのことになるとホントに気弱になっちゃうんだから。そういうときは二人の原点に戻るのよ。せっかく捕まえた颯都さんの〝春〟でしょう。今さら逃しちゃ駄目だからね」

「……原点？」

原点に帰って、初めの気持ちを思い出せということだろうか。

颯都は考える。二人の原点といえば……

すぐに思いつく、あそこしかない。


その日は、朝からとても穏やかな日和だった。

まるで狙ったかのような梅雨《つゆ》晴れで、颯都は偶然の好晴《こうせい》に感謝する。

「いい天気だね。久々に気分もいいよ……」

嬉しそうに言う小春は、爽やかな笑みを浮かべる。彼女のこんな顔を見るのは久々な気がして、颯都も嬉しくなった。

二人がやってきたのは、チャペルホール・フェリーチェ。

三年前、二人がお互いの重要性を感じる機会を作った教会。そして、腐れ縁時代の思い出の場所だ。

「俺たちがここに来るから、気を使って天気もよくなったんだろうな」

「出た、颯都の強気発言」

小春は笑うが、颯都はドキリとする。もしかしたら、このポジティブな強気発言が問題なのでは……

チャペルの中庭を、ゆっくりと二人で歩く。

平日の正午過ぎ、今日は挙式の予定がないらしく、耳に聞こえるのはまぶしい青葉のざわめきだけだ。

「なあ、小春」

「ん？」

「結婚して、三年たったな」

「そうだね」

「長いようで、あっという間だった」

「うん、気がついたら三年目だった」

「でも、俺の気持ちは、三年前よりも深くなってる……」

小春が別れを考えているのなら思いとどまってほしい。この教会で誓った愛を思い出してほしい。

颯都が立ち止まると、小春も立ち止まる。木漏《こも》れ日を見つめる小春の横顔に、颯都はそっと囁《ささや》きかけた。

「小春は……、俺の大切な春なんだ……」

陽射しが揺れ、風が囁く。小春は颯都に目を向けると、なんともいえない陽だまりのような微笑みを見せた。

「……もうひとつ、春がくるよ」

「え？」

彼女の言葉の意味がわからないまま、微笑んだ唇が近づき、颯都の耳朶《じだ》を打つ。

大きく見開いた彼の目に、小春と、もうひとつの春が見えた気がした。


——翌年の春。

柔らかな陽差しが射しこむ廊下を、大きな足音が駆け抜ける。早朝から呼び出されていた看護師が、慌てて声をかけた。

「一之瀬さん、走らなくても大丈夫ですよ、二人とも元気です」

「すみません！」

一応謝るものの、颯都は足を止めない。

病室の前にエリカが立っているのが見える。同じく颯都を見つけた彼女は「早く早く」と満面の笑みで手招きをしてドアを開けてくれた。

サンキューと言い捨て、颯都は病室へ飛びこむ。邪魔をしてはいけないと思ったのだろう、エリカはそのままドアを閉めた。

病室の中には、ベッドがふたつ。

大きなベッドと……新生児用の小さなベッド。

「……小春」

颯都が呼びかけると、ベッドで上半身を起こした小春がにこりと微笑む。――そして、腕の中の小さな赤ん坊に話しかけた。

「ほら、パパがきたよ」

――教会で妊娠報告をされてから、ずっとこの日を待っていた。

颯都が仕事で家を空けたタイミングで、予定日よりも早く小春が産気づいてしまったのだ。早朝、妹夫婦に付き添われて入院した。

颯都は連絡を受けて飛んで帰ってきたが、病院に到着した時点で、もう正午だ。

ベッドの横に立つと、颯都は小春の頭を撫でた。

「お疲れ……。ごめん、遅くなって」

「大丈夫。ありがとう……」

こつんとひたい同士をつけると、小春の腕に抱かれた赤ん坊が目に入る。「はい」と差し出され、颯都はそっと受け取った。

温かくて……柔らかい。まるで今日の陽射しのよう。

「かわいいな……」

「いい男になるよ。颯都の子だもん」

「それは間違いない」

「出た、強気発言。颯都のそれ、大好きだよっ」

アハハと笑い合い、颯都はふたつのかけがえのない春を抱きしめる。


——新しい幸せが、またここから……。

残業届…ハンコ押してやれそうにない
あっ
あ
ああっ
私はずっと
征司と友達でいたいよ!!

東野朱莉《あかり》と三宮《さんのみや》征司《せいじ》は、大学の同級生で十年来の親友。今は同じ職場で働いており、仕事でもプライベートでも息がぴったり。朱莉はこれからもそんな関係が続くと思っていたのだけれど……。ある日突然、征司から告白されちゃった!? さらには野獣のように激しく迫られて——。

B6判　定価：640円+税　ISBN 978-4-434-22072-2

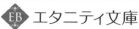

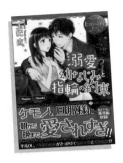

〜大人のための恋愛小説レーベル〜

ETERNITY
エタニティブックス

エタニティブックス・赤

家賃タダの見返りは私の身体⁉
眠り王子の抱き枕

玉紀《たまき》 直《なお》

装丁イラスト／青井みと

四六判　定価：本体1200円＋税

寝具メーカーに勤める夢乃は、突然アパートの管理人から退去勧告される。あまりのことに会社の仮眠室で頭を抱えていると、イケメン副社長とばったり遭遇。夢乃の状況を知った彼は、なぜか破格の好条件でルームシェアを提案してくれる。でもその見返りは、彼の「抱き枕」になることで⁉

※エタニティブックスは大人の女性のための恋愛小説レーベルです。ロゴマークの色で性描写の有無を判断することができます（赤・一定以上の性描写あり、ロゼ・性描写あり、白・性描写なし）。

詳しくは公式サイトにてご確認ください。
http://www.eternity-books.com/

携帯サイトはこちらから!

本書は、2016年9月当社より単行本として刊行されたものに、書き下ろしを加えて文庫化したものです。


この作品に対する皆様のご意見・ご感想をお待ちしております。

おハガキ・お手紙は以下の宛先にお送りください。

【宛先】

〒150-6008 東京都渋谷区恵比寿4-20-3 恵比寿ｶﾞｰﾃﾞﾝﾌﾟﾚｲｽﾀﾜｰ 8F
（株）アルファポリス　書籍感想係

メールフォームでのご意見・ご感想は右のＱＲコードから、
あるいは以下のワードで検索をかけてください。

アルファポリス　書籍の感想　検索

ご感想はこちらから

エタニティ文庫

焦《じ》れったいほど愛《あい》してる

玉紀《たまき》直《なお》

2020年3月15日初版発行

文庫編集－熊澤菜々子・塙綾子
発行者－梶本雄介
発行所－株式会社アルファポリス
〒150-6008 東京都渋谷区恵比寿4-20-3 恵比寿ｶﾞｰﾃﾞﾝﾌﾟﾚｲｽﾀﾜｰ8F
TEL 03-6277-1601（営業）　03-6277-1602（編集）
URL https://www.alphapolis.co.jp/
発売元－株式会社星雲社（共同出版社・流通責任出版社）
〒112-0005 東京都文京区水道1-3-30
TEL 03-3868-3275
装丁イラスト－アキハル。
装丁デザイン－ansyyqdesign
印刷－中央精版印刷株式会社

価格はカバーに表示されてあります。

落丁乱丁の場合はアルファポリスまでご連絡ください。

送料は小社負担でお取り替えします。


ISBN978-4-434-27200-4 C0193